修辞与方向
在极强的风行前

吴雅凌 —— 著

Au-delà de Socrate
Poétiques et rhétoriques vagabondes

目录

前言 / 1 /

/ 11 /
雅各与天使摔跤

每次经过圣·叙尔比斯教堂,我总要走进去看德拉克洛瓦的壁画。我为画中的雅各着迷。晴天,雨天,起雾天,我爱看他在光线中变化自己。有时看着看着,流金的管风琴在耳边响起。

/ 31 /
在极强的风行前:现代修辞角力

苏格拉底本人就是一股极强的风行,也许还是那股最强的风行,柏拉图以降的思者一有所知觉,就会发现自己处在这股强风的风口,不得不寻求修辞的避风处。

/ 95 /
迫害与写作

1762年。一个神话俨然成形。在迫害中舍身为真理的写作者卢梭在后世读者心中烙了印。这个神话由卢梭本人一手成就,《致博蒙书》正是缔造神话的开端。

/ 117 /
一种学说的纲要

1943年。薇依在战时伦敦去世以前,留下数量惊人的文稿。她不分昼夜地写,一气呵成,走笔中让人感受到为思想寻求语言表述的专注和灵性领悟。

/ 143 /
向下飞翔

季洛杜的希腊三部曲拒斥丑陋,执着于美的爆发。阿尔托的残酷、加缪的荒诞或萨特的恶心统统退出他的舞台。
季洛杜关于美的认知的欠缺也是我们的,并且很可能我们没有自知之明。

/ 175 /
存在的永恒沙漏不停转动

所有莫迪亚诺的书是同一本小说。一部未完成作品。一张不断拼补总有缺失的拼图。

/ 201 /
日光灰尘,或最幸运者的危险

基里柯喜以绚丽的手法画希腊神话,还原出没有眉目的英雄和没有眉目的古典世界。
在莫兰迪的画中,人仅凭自身德性与美好的宇宙秩序相遇。

欧仁·德拉克洛瓦,《雅各与天使摔跤》, 1854—1861
Eugène Delacroix, *La lutte de Jacob avec l'ange*

保罗·高更,《布道后的幻象》, 1888
Paul Gauguin, *La vision après le sermon*

克劳德·洛兰,《雅各与天使摔跤》, 1672
Claude Lorrain, *La lutte de Jacob avec l'ange*

伦勃朗·凡·莱因,《雅各与天使摔跤》, 1659
Rembrandt van Rijn, *La lutte de Jacob avec l'ange*

保罗·克利,《新天使》, 1920
Paul Klee, *Angelus Novus*

阿尔布雷特·丢勒,《忧郁》, 1514

Albrecht Dürer, *MelencoliaI*

乔治·德·基里柯,《特撒列海岸》, 1926
Giorgio de Chirico, *Le Rive della Tessagliae*

乔治·德·基里柯,《不安的缪斯》, 1916—1918
Giorgio de Chirico, *Le Muse inquietanti*

乔治·德·基里柯,《一条街的神秘与忧郁,推铁环的小女孩》,1960
Giorgio de Chirico, *Mistero e malinconia di una strada. Fanciulla con cerchio*

乔治·德·基里柯,《自画像》, 1940—1945
Giorgio de Chirico, *Autoritratto*

乔治·莫兰迪,《静物》, 1953
Giorgio Morandi, *Natura Morta*

乔治·莫兰迪,《风景》, 1943
Giorgio Morandi, *Paesaggio*

前　言

修辞是一种回旋歌舞（antistrophe）。

亚里士多德的说法让人浮想联翩。顾名思义，Anti-strophe 与 strophe 是个对子，回旋与正旋，均系悲剧中的合唱歌用语。在雅典露天剧场中央，歌队围绕狄俄尼索斯神龛，先从右到左跳圆舞，唱一个曲节，叫 strophe，再从左到右，反向的舞步，唱对衬曲节，叫 antistrophe。《修辞术》开篇说，修辞术是对话术的 antistrophe。修辞与对话是一组对仗的技艺。如果说对话是闯入一座言辞的迷宫，修辞就是原路退出迷宫。

当然这是理想状况。通常我们没有阿里阿德涅的线团。

荷马似乎真的把克里特的迷宫叫作"阿里阿德涅的跳舞场"，[1] 又说如花的少年在那儿跳圆舞。确实

---

1 荷马，《伊利亚特》，18.592。本书中的荷马诗文一律引自罗念生先生和王焕生先生的译本：《伊利亚特》（简称"伊"），人民文学出版社，1994年；《奥德赛》（简称"奥"），人民文学出版社，1997年）。个别字词依据文意略有调整，随文标注引文出处行数。

在神话中，如花的忒修斯从阿里阿德涅手里接过线团，走进迷宫，斩除牛头怪，原路返回。一次路线圆满的叙事。但也就这么一次。传说他没那个福分，很快丢了阿里阿德涅。她后来做了狄俄尼索斯的妻（奥 11.324），注定要去牵引酒神颂仪式。

在现实的言辞世界中，我们变幻着漂亮的修辞舞步，然而能做到与对话对仗的修辞圆舞少之又少。因为，涉及后一种情况，与其说是舞蹈，倒不如说是摔跤更真切些。修辞的摔跤是与敌人拥抱，与爱人较劲。在力量的紧张关系中进退应对，通常是笨拙沉重的步履和喘息。

雅各遇见天使的那个夜里，他舍弃一切多余的，一切我们很自然去珍爱的东西，过河远去的家人牛羊、散落一地的武器和彩衣……在太强大的力量前，最好是赤裸自己，向堪称审慎的修辞靠拢。

而势均力敌的摔跤中，僵持或成一种困顿的常态。埃阿斯与奥德修斯几番较量，半斤八两，想看好戏的人也烦了（伊 23.721）。要更新战况，先要更新自己。他们一个凭心气一路高走，走向骄傲的自我了断，另一个懂得起伏转折，一次次伪装又去伪装，终在自家门口拿乞丐自比，至卑微处找到出路。说到底，不是明眸的雅典娜偏袒了谁，而是持续不厌烦地问，机器降神是不是依然有效的游戏规则。

修辞与对话对仗，就要在与不同对手的摔跤中学会控制力量，可能的话，还要尽力触摸那超乎力量关系的善意。

*

古时竞技场上，最风光的头奖产生于战车比赛。参赛者驾着双匹骏马战车在平原上飞驰，扬起滚滚尘烟，你追我赶煞是好看，声势远胜过摔跤。荷马用近四百行长诗描绘希腊人在特洛亚平原上赛战车。阿喀琉斯纪念亡友办赛会，头一项就是赛战车，单单头奖就超过摔跤项目的全部奖品。

想要在战车比赛中胜出，首先得有好马，其次得有高明的御术。在发挥好的情况下，御者的心跳与马的跳跃保持同一种节奏："马车一会儿触碰丰饶的大地，一会儿跳跃空中如飞，御者站在车上，心儿跳不停，渴望胜利……"（伊 23.368-371）荷马用一场战车比赛看透了每个人的灵魂心性。得头奖的，马又好，技术又过硬。第二名的马差些，但懂得运用"拐弯的技巧"（伊 23.343-344）。阿喀琉斯素来不服阿伽门农这个希腊联军头领，作为赛会主办方，算是公开自立一回规矩。不讨人喜欢的墨涅拉奥斯代表自家兄弟阿伽门农参赛，马和御者的资质都很一般。

柏拉图在《斐德若》中说起折了翅的灵魂，是不是想到这场叫人难忘的比赛呢？不然他不会说御者赶着灵魂马车，拉车的是一匹白马一匹黑马，白马有灵性，黑马顽劣，一个往前冲时另一个拖后腿，一个节制时另一个冒进，互不着调明争暗斗（斐253c-254e）。灵魂马车的御者活像战车比赛选手，不知何故地，不是丢了鞭子，就是砸了辕轭，随时可能车仰马翻：

> 在地上一同打转，相互踩踏和冲撞，个个争先恐后，于是出现了喧嚷、对抗和拼死拼活——由于御者的劣性，许多灵魂被搞残了，许多灵魂折了翅羽，尽管付出许多艰辛，所有这些灵魂在离开前都没能得见那个东西的段数——离开之后，这些灵魂只好用臆想来养育自己。[1]

卡夫卡很擅长写车仰马翻的日常混战。有一个小故事的标题就叫"日常的混战"。A去见B，明明提早出门，不知何故太迟才到。B已等不及出门去找A。A在外跑了一天，回家发现B在楼上等他。这中间发生了无数错过和曲折。A总算快要如愿见到B了，他上楼，却摔了一跤，痛得喊不出声。他躺在黑暗的

---

[1] 柏拉图，《斐德若》（简称"斐"），248a-b，引文采用《柏拉图四书》，刘小枫编译，生活·读书·新知三联书店，2015年，页326-327。

地上，只听 B 的脚步声气冲冲下楼，从此消失。

A 和 B。白马和黑马。如人心的常态，混杂的，摸不透的，且不说与世界与他人和解，自己先和自己打架。精通星座学的朋友会告诉你，太阳在射手座月亮在处女座，那叫九十度的人格折磨……大多数时候，我们自困在角度不友好的挣扎角力中，吃尽苦头也没能让灵魂马车真正跑起来。

至于"那个东西的段数"，柏拉图是说，完好的灵魂如飞马在天上飞，出到天外看见了好东西（斐247d-238a）。那样的风景不为别的，是为了叫我们羞愧。

但可能的话，还要在羞愧中默默向上祈愿。

*

这样想来，大约有两种修辞的舞步。一种像战车比赛，快意好看，选手只管往前冲，前提是驾驭好各自的白马黑马。另一种像摔跤，貌似沉闷，但进退讲究门道，精微处愈看愈妙。

一种与诗人竞赛相连，比如传说中荷马与赫西俄德，一个唱特洛亚战争，一个唱劳作与时日，各自发挥诗才。又或者雅典大酒神节的悲喜剧比赛，连续三天诗人们轮流演出，上午悲剧下午喜剧。寒冬才过，雅典人坐在凌晨开演的剧场，有光影变化，有露水风寒，有鸟飞过，有城市喧嚣。日出到日落，全城见证28岁的索福克勒斯赢了57岁的埃斯库罗斯，见证欧里庇得斯去世后凭《酒神的伴侣》得头奖。

另一种是与对话对仗的修辞，让人首先想到柏拉图对话中的修辞，想到苏格拉底的谜一样的佯谬。无论赛车还是摔跤，都是竞技（agon），在希腊文中带有"论辩"的意思，比如法庭上的论辩，进而是悲喜剧对法庭论辩的模仿。但在柏拉图那里，一种兼具悲剧性和喜剧性的哲学书写取代传统诗剧，一种助产士式的对话取代法庭论辩式的对白。柏拉图不动声色地修改对话的规则与方向，进而更新与对话对仗的修辞。

不妨再走一小步。一种修辞的舞步让我想到波德莱尔定义的现代性的人："他就这样跑啊，走啊，寻找啊……不停穿越巨大的人性荒漠的孤独者。"[1] 现代性是一座心灵迷宫，人不断前行，并且被预设永远绕不出去。另一种修辞的舞步如卡夫卡所说，他有两个对手，一个挡在前头，另一个在身后逼迫。[2]

但必须是小心翼翼的一小步。有别于柏拉图保

---

[1] 波德莱尔，《现代生活的画家》，收入《现代生活的画家》，郭宏安译，上海译文出版社，2012年，页18。
[2] 阿伦特，《过去与未来之间》，王寅丽、张立立译，译林出版社，2011年，页5。

留对天外景象的仰望,有别于亚里士多德强调回旋与对仗,现代修辞似乎更在意单个舞蹈时刻的姿态,由此发展出多样化的方向可能,向左或向右,进步或回归,正直或倾斜。卡夫卡梦想着在灵魂的黑夜里跳出战场,旁观他的两个敌人对打。本雅明借用保罗·克利的画,新天使在历史的迷宫中张目结舌,翅膀被动张开,在极强的风行前,以退场的古怪姿态向未来行进。

*

《在极强的风行前》尝试思考和表现若干壮观的现代修辞摔跤图景。我们习惯说,加缪与荒诞摔跤,莫迪亚诺与记忆摔跤,诸如此类。不过在诗与哲学的问题上,加缪与卡夫卡与阿伦特摔跤,阿伦特与海德格尔与本雅明摔跤,本雅明与波德莱尔与尼采摔跤,尼采与荷马与柏拉图摔跤……而柏拉图,在我的眼和心中,了不起的柏拉图不仅与荷马与阿里斯托芬翩然起舞,还给卢梭和尼采留下了阿里阿德涅的线团。

这个线团有朝一日也会被我们捏在手心吗?从最心爱的老师身上,至少我们要学会一件事,那就是没有可能躲在老师的大树下心安理得。真正的思想如风行。在极强的风行前没有避风处。诗与哲学,神话与逻各斯,悲剧与喜剧,这些古老的修辞问题若要在每一代人的生命中焕发生机，甚至带来明光，只能用我们自己的思与行去做供奉。

《雅各与天使摔跤》和《日光灰尘》从看画出发。同一个出自圣经的灵魂争战主题，从克劳德·洛兰到伦勃朗，从德拉克洛瓦到高更，不同画家表现出不同的天地人三爻关系。基里柯与莫兰迪是另一场现代修辞角力。一个拆解神话，有意无意地规避让灵魂疼痛再生的黑马，只画出阿喀琉斯的白马。另一个在画中追捕阳光下的灰尘，为此把自己化作灰尘本身，化身成某种新神话，吸引人的工作中的艺术家传奇一点点取缔古老的创世神话。

《向下飞翔》和《存在的永恒沙漏不停转动》是读书笔记。在二战后写作的莫迪亚诺有众多读者，两次战争之间的季洛杜却太不为人所知。他们都是文学修辞的现代高手，拒斥一切不美的，放弃一切多余的。特别是心系荷马的季洛杜。重写《奥德赛》，主角却是奥德修斯最不起眼的同伴，死在路上被人遗忘的某个水手。他向我们展示，一种醉心文学传统的现代书写如何轻盈地划出一道向下飞翔的心灵轨迹。

有些作者相遇一次就够了。还有一些作者，我们会一再遇见，一再说起，并且尽可能每一次有新的体会。《迫害与写作》想要说明，卢梭示范了一种刻意到近乎笨拙的修辞挣扎；《一种学说的纲要》则见识了薇依几乎没有修辞痕迹的书写。问题是，他们明明有极深的思想亲缘关系。这进一步提醒我们，修辞为思想寻找表述，但修辞从来不只是形式美的问题。

本书的出版有赖华夏出版社的好朋友们，谢谢你们！

吴雅凌

2021年春天

雅各与天使摔跤

缘　起

连续两个冬天在巴黎，每次经过圣·叙尔比斯教堂，我总要走进去看德拉克洛瓦的壁画。

雅各与天使摔跤。

那是离乡多年回迦南的暗夜。有一个影子（'ish）"来和他摔跤，直到黎明"。[1] 在画中，在微暗的关系中，雅各拼命倾斜自己。是身体越过极限的不可能，是明知不可能也不肯放手的失衡。画面停顿的瞬间，他被对方拧住大腿窝。从此就瘸了。光从后背持续拷问他挤压他。而他不依不饶，像一头公牛斗红了眼。

我想到晚年的画家本人，知道时日无多，着急地想把什么秘密心事画下来留给世界。最早看见教堂壁画的波德莱尔说："从外墙上方的窗户斜射进来的光使观者必须付出痛苦的努力，方能恰当地欣赏到画的壮美。"[2] 见证美需要付出相匹配的代价，更不必说真

---

[1] 雅各与天使摔跤，见《创世记》（简称"创"），32:22-32。
[2] 波德莱尔，《德拉克洛瓦在圣·叙尔比斯教堂的壁画》，收入《现代生活的画家》，页65。

正与美亲近吧。

《现代生活的画家》最早从字面上提出"现代性"（la modernité）概念，波德莱尔虽以另一个画家 G 先生为例，但同一时期多次撰文谈德拉克洛瓦，[1] 足见老友在诗人心中的分量。现代性的人是"不停地穿越巨大的人性荒漠的孤独者"，更是"在其他人沉睡之际"埋头工作让世界改观的人。[2] 波德莱尔以此理解德拉克洛瓦，为他作传，替他辩护，在他去世时回忆他们将近二十年的友谊，声称从中准确领会到"他的伟大灵魂的最隐秘的素质"。在他的画前，确有"一种神奇的氛围，幽暗而美妙，有光且宁静"。[3]

画家在圣·叙尔比斯教堂里的圣天使礼拜堂留下三幅壁画，前后十二年，去世前才画完。不知为什么，我单为左面壁画中的雅各着迷。晴天、雨天、起雾天……我爱看他在光线中变化自己。有时看着看着，流金的管风琴突然在耳边奏响。没理由啊，连续好些天，我走路也和他一样瘸着脚。

---

[1] G 先生指法国画家贡斯当坦·居依（Constantin Guys，1802—1892）。《现代生活的画家》最早于 1863 年三次连载在《费加罗报》。现有文集通行版本收录三篇谈德拉克洛瓦的文章。
[2] 波德莱尔，《现代生活的画家》，前揭，页 17-18。
[3] 波德莱尔，《德拉克洛瓦的作品和生平》，收入《现代生活的画家》，页 85，102。

雅　各

雅各（Ya`aqob）之名，传说与希伯来文的欺骗（`aqab）谐音。他骗人，也被人骗。生为老二，一心想当老大，乃至出生时小手攥住孪生哥哥以扫的脚不肯放。雅各的故事充满诡计、欺诈、争夺和讨价还价。比不得祖父亚伯拉罕信德无缺战无不胜，雅各是有缺点的人，是次好的人，是人中的人。

这样的人在灵魂的暗夜里袒露自己，一点一滴，褪掉浑身伪装和附丽。先是打发家人和牲口闹哄哄过河去了，独自一人在黑暗中。迎战的武器丢开了，长矛盾牌和箭筒堆在地上，心爱的剑扔一旁。脱掉了绛红长袍，摘下了黄金帽，连同从前假扮红毛以扫的一身羊皮，连同一碗红豆汤讹来的好处，连同与丈人明争暗夺二十年的光阴财富，全放下了。他空手上前，赤裸裸地，与天使摔跤，与内心的自我交战。

天亮的时候，"那人说，你名叫什么？他说，我叫雅各"（创 32:28）。名字如咒语，暗藏主人的运命和秘密。说出名字形同一种有魔性的仪式，特别是在那样的长夜尽头，特别是在殊死交战之后。雅各说出名字，是终于认识自己，与自己和解，坦坦然向世界承认冒名顶替的身份。他偿还从前凭靠诡计抢夺来的长子应得的祝福，迎向属于他自己的真实，蒙受终将临在老二身上的恩典。他为本族为自己争得一个名称叫以色列。

天亮以后,次好的雅各变成更好的人。

墙

在画中,雅各好似在推一堵看不见的墙。力量对抗的顶点,他的身体呈现出不可能的倾斜角度,重心脱离本身,移到另一个身上。那堵看不见的墙,很难不让人想到画家常年工作的圣天使礼拜堂的墙面。德拉克洛瓦的自况再清楚不过。作为生平最后一项艰难事业,雅各的暗夜挣扎就是工作中的画家面对未完成作品的挣扎。

完成作品需要一颗钢铁的心。我感觉简直要为此送命。在最艰难的时刻,一个人的弱点显露无疑。

绘画像最挑剔的情人,以千百种方法纠缠我,折磨我。四个月来,每天我早早溜出家门,奔向叫我迷醉的工作,好像赶去仆倒在爱人脚前。从前以为能够轻松克服的,近在眼前方知是无休止的可怕障碍。只是,为何这永恒的交战没有把我打倒,而是将我扶起,没有让我灰心,而是给我安慰,填充我的时日?这是在补偿这些年的美好时光及其一并带走的东西,这是在高贵地善用老年光阴，让我在衰败中仍有力气克服身体疼痛和灵魂困扰。[1]

为了画画，德拉克洛瓦在1857至1861年间搬家，住到教堂附近的费斯滕伯格街六号，也就是现今的画家美术馆所在地。十九世纪中叶正值巴黎现代化城市改造，画家有大量壁画订单，同一时期他还承担诸如巴黎市政厅和平大厅和卢浮宫阿波罗画廊等计划。但似乎没有什么像圣天使礼拜堂那样让他费心力。他亲自负责湿壁画的前期墙面处理，遭遇各种技术障碍，油彩效果不理想，中途调换颜料画笔，经常画好又涂掉重新来过……

1861年7月壁画竣工，批评声浪此起彼伏。有的说雅各的姿态太绝望无力，有的说风景比重过大，有的说绘画手法不合教堂体统，不能充分表现圣经故事的庄严神圣……所有那个时代的批评反向证明德拉克洛瓦超前于他所生活的时代。他对古老的圣经故事做出一次世俗化的个人理解尝试。同一年新年日记中提到，绘画是一场以雅各为名的"永恒交战"。在他的身体力行中，神人争战的宗教性悄然转化成画家与其作品的关系的神秘性。

---

[1] Eugène Delacroix, *Journal*, 1er janvier 1861, II, éd. revue par M. Hannoosh, José Corti éd p. 1380.

仔细看的话，壁画右下角有一个背影。那是雅各穿回绛红衣，戴着帽，手举长矛，骑马过河去了。他通过了考验，迎着光，重归应许地。德拉克洛瓦的宏大叙事场景掺杂不少与圣经传统相悖的元素，诸如马和帽子均无可能出现在古时迦南。美术研究者们饶有兴致地讨论：壁画下方那顶十八世纪风格的草帽有何种符号学意义？是画家带一丝嘲弄对自己脱帽致敬吗？又或是对十八世纪以降的观众发起挑衅，让我们检讨自己在生命黑暗中的摔跤表现？

另一个

而另一个，另一个迈着怎样骇人的优雅舞步！

很长时间里，我只被雅各吸引，眼里只有英雄的血气和抵抗。说来惭愧，我忽略了那堵看不见的墙是天使的姿态。他从容不迫，以退为进，用一个如云的手势化解万千力量。他站在水边浅滩，守住幽暗山谷的入口。他的翅膀是铁灰色的，坚硬，沉重，不带一丝飞翔的轻盈。他的脸像阿波罗神采飞扬，并且几乎不看狂迷如狄俄尼索斯的雅各。他的右眼看向画外的我们。

正如所有惯性理解现代性摔跤的人，我忽略了另一个才是主角。

圣天使礼拜堂的三幅壁画以圣战天使为主题。右边壁画是天使将希腊化异教徒赶出耶路撒冷圣殿,穹顶画是大天使米迦勒把孪生兄弟也是魔鬼路西法踩在脚下,均系正义和光明的胜利时刻。唯独与雅各摔跤表现出某种谜样的均衡,如波德莱尔所言:"自然的人和超自然的人各依本性进行角斗",一个竭力僭越尺度,另一个"不允许愤怒破坏身体的神圣外形"。[1]对人来说是殊死战争,从另一个的角度看,却是怎样一场力量的舞蹈!

这种均衡在二十年后被高更打破。1888年的《布道后的幻象》表现同一题材,标题本身自带离经叛道的意味。传统黑衣白帽的布列塔尼女人们刚听完一场布道,也许神父讲起《创世记》第三十二章的经文吧。高更写信给梵高说,画中的风景和摔跤场景不过是女人们的错觉。一棵树的树干斜穿整幅画,隔开两个世界,现实中听弥撒的女人和想象中的人神摔跤。角落里的神父闭着眼,好似高更本人的自画像。如果说德拉克洛瓦以神话中的雅各自况,高更则与传统断裂,自我定位为局外人。

在高更表演的现代性摔跤中,另一个不是圣战天使,而是被解构的神话本身:雅各放弃抵抗,天使凶狠地摁住他,往死里打他。双方的视线均未超越树干

---

[1] 波德莱尔,《德拉克洛瓦在圣·叙尔比斯教堂的壁画》,前揭,页65。

暗示的界限。那打人的姿态，连带翘起的双翅（与布列塔尼女帽的白飘带相映成趣），透着一股子让人不安的气息。

因为另一个的形貌变幻不定，但永是骇人，如里尔克在《杜伊诺哀歌》开场的惊叹："他更强悍的存在令我昏厥，因为美无非是可怕之物的开端。"[1]

过　渡

雅各的黑夜传说是旧约出名隐晦的篇章。过河即过渡。是信仰经验，也是从逃亡他乡的骗子到以色列第三代族长的心灵转变。黑暗中的，神秘的，难以言喻的，让人着迷的。值得一提的是，过渡恰恰是波德莱尔定义现代性的第一个关键词：

> 现代性就是过渡，短暂，偶然，就是艺术的一半，另一半是永恒不变。每个古代画家都有现代性……这种过渡的，短暂的，其变化如此频繁的成分，你们没有权利蔑视和忽略。[2]

雅各作为现代性的人在德拉克洛瓦那里被见证，

---

[1] 里尔克，《〈杜伊诺哀歌〉中的天使》，林克译，华东师范大学出版社，2005年，页5。
[2] 波德莱尔，《现代生活的画家》，前揭，页19。

在高更那里被质疑。这堪称现代性过渡的一次绝妙表现。在高更的画中，现代性摔跤的重心偏移了，不再是传统意义的天人交战，而是两个世界或两种视野的分裂。时间丧失连贯性，意识与传统断裂，新旧更替带来眩晕。古老的宇宙论破碎了，神话被肢解，结构取代意义。福柯将波德莱尔的现代性概括为"一种使现在英雄化的意愿"，并且这种意愿必然带有"讽刺性"，现代性的人从孤立的现在寻找永恒，此种"与现在的关系"进一步引发出"与自身的关系"。[1]现代性的人是反英雄的"英雄"，是走钢丝的人游离在死亡与游戏之间。[2]

波德莱尔以降的法语世界走出一条有别于十九世纪德意志审美的反向路径，从意志到表象的，从狄俄尼索斯到阿波罗的……技艺不再是一种手段。技艺变成基础概念，旨在穷尽表现领域的诸种存在问题，以形式激发思想的生成。波德莱尔谈美落实到古代的和现代的绘画中的外衣。福楼拜从古罗马廊柱领悟到语言的几何之美，元音、语词和句式构筑情感的语法。马拉美去世前写下谜样排列组合的诗行，描画现

---

[1] 福柯，《何为启蒙》，顾嘉琛译，收入《福柯集》，远东出版社，2004年，页534-536。
[2] 热内，《走钢丝的人》，收入《贾科梅蒂的画家：热内谈艺术》，程小牧译，吉林出版集团，2012年，页119-146。

代性的人在世间穿行的路线："骰子一掷改变不了偶然"……直到福柯去世前重新回答康德在两个世纪以前提出的启蒙问题，以诗人为名的现代性被明确为一种现代哲学态度。

风　景

风景也在说话。

三棵橡树顶天立地，几乎撑破圣天使礼拜堂的整个墙面。橡树是圣树，是神圣启示的场域。雅各的祖父一生离不开橡树，无论蒙召（创 12:6），筑坛献祭（创 12:7），安顿帐棚（创 13:18），还是接待三个天使（创 18:1）。橡树之于亚伯拉罕，如地名般，标记人顺服神在约旦河以东的行踪。次好的雅各似有不同，橡树底下更像他埋葬幽暗记忆的所在（创 35:4, 8）。

一方面，德拉克洛瓦显得有意追溯西方风景画传统，有树，有山，有小溪，有牧群。另一方面，三棵橡树的扎根好叫人生疑。巨人般的树，繁茂的树，太重要的树，相应的却是单薄的坡地和不起眼的灌木。在人的挣扎之外先有树的挣扎。

十七世纪风景大师克劳德·洛兰[1]同样把雅各的

---

[1] Claude Lorrain（1600—1682）的画作《雅各与天使摔跤》（*La lutte de Jacob avec l'ange*）由卢浮宫馆藏。

故事安排在风景中。同样有树,有水,有桥,有晨雾,有古城废墟,却是多么不一样的风景啊!尼采在意大利时,认出和克劳德·洛兰画中一样的风景,当场嚎啕大哭,在"深入永恒的风景"中吟咏维吉尔的诗:"我也到过阿卡底亚"——

情不自禁地,仿佛没有什么比这更自然,我踏入这纯洁、明澈的希腊英雄的光明世界……赞叹这种田园风光式的,同时是英雄史诗般的美。——有些人也曾如此生活过,如此不断地感觉到"世界中有我,我中有世界"。[1]

天地中有我,我中有天地。在克劳德·洛兰的风景里,同样是一个拉住另一个不肯放,却怎么看都像神话里仙人起舞。那样浑然天成,毫不吃力,轻盈的姿态几乎让人想到波提切利笔下的春天!挽留的一个手脚并用,恳求着,拉扯着,是依依的天真。要走的另一个郑重回眸,手指将去处,是不舍的温柔。就这样彼此成全某种时间里的永恒。是有好风吹拂过吧。在天将亮时,让裙裾飘扬,让双翅发光。

---

[1] 尼采,《人性的,太人性的》,魏育青等译,华东师范大学出版社,2008年,下卷,页757-758。

同时代人

伦勃朗和克劳德·洛兰是同时代人。把他俩的画放在一起看是很有趣的。同在十七世纪中叶，同样的故事，然而天南地北，毫无可比性。伦勃朗将历史场景时间地点一概忽略，只专注于摔跤者在瞬间的关系。然而，说是摔跤，不如说是甜美的拥抱呢！雅各不放对方走，要祝福。他几乎躺在另一个的怀中，闭了眼，看不出一丝挣扎痕迹，倒像做着好梦。另一个有大而美的翅膀，俯视怀中的男人，表情好似恋爱中的女人。天使是人追问神的形状。在伦勃朗笔下，力量的对抗让位给自由精神的彰显，某种加尔文新教风格的信心。一幅画的表达细节暗合一个时代的心跳节拍。

波德莱尔和德拉克洛瓦，尼采和瓦格纳……把这两组法兰西的和德意志的同时代人放在一起，更是充满让人心跳加快的交错趣味。同是 1861 年，63 岁的德拉克洛瓦在圣·叙尔皮斯教堂画完雅各，48 岁的瓦格纳在巴黎上演歌剧《唐豪瑟》，[1] 40 岁的波德莱尔撰文声援两位饱受争议的艺术家并以此奠定现代性理论，尼采生逢 1844 年彼时尚年幼……但我们知道，他将崇拜瓦格纳，透彻理解瓦格纳，进而把瓦格纳视

---

[1] 瓦格纳的《唐豪瑟》(*Tannhäuser*) 于 1861 年 3 月 13 日在巴黎佩尔蒂埃歌剧院上演。

同最要命的敌人，波德莱尔最早提起的概念将被批判为一种疾病："现代性通过瓦格纳说出它最隐秘的话语：瓦格纳概括了现代性。"[1]

《现代生活的画家》的现有通行版本收录三篇谈德拉克洛瓦的文章，压轴篇目则是"瓦格纳在巴黎"。稍后尼采将在《善恶的彼岸》第八章"民族与祖国"指出，瓦格纳把巴黎视同精神故乡，"内心深处的本能使他在关键时刻向往巴黎"——

> 在此我特别要提到瓦格纳的同类德拉克洛瓦——他们都是伟大的发现者，发现了崇高的王国，也发现了丑陋的王国和可怕的王国……作为人，他们是意志上的坦塔罗斯……是毫无节制的工作狂，工作起来近乎自我毁灭……总体上他们是一种骁勇大胆、强健硕美、天马行空、直入云霄的高等人，他们先得使自己所处的世纪（大众的世纪！）学会"高等人"这个概念呢。[2]

我们不应感到惊讶，尼采的批评正是波德莱尔肯定瓦格纳之处："他具有一种艺术，通过细微层次表

---

[1] 尼采，《瓦格纳事件，尼采反瓦格纳》，卫茂平译，华东师范大学出版社，2007年，页10。
[2] 尼采，《善恶的彼岸》，魏育青译，华东师范大学出版社，2016年，页238-239。

现精神的和自然的人中一切过度的，巨大的，野心勃勃的东西。"[1] 从过渡转向过度，从在孤立的时间中寻找永恒，转向现代性行为的英雄化，是挑衅限度的坦塔罗斯，是善恶彼岸的巨人，是古往今来的史诗主人公……通过与瓦格纳相提并论，尼采给予德拉克洛瓦最高赞美和最严厉的批评。

现代性外衣

现代性在失去连续性的时间中寻找永恒。断裂与恒在，多与一。充满矛盾张力的定义，不是吗？有关现代性的定义让人想到十五世纪意大利舞蹈大师多梅尼科·皮亚琴察的理论，而此种文艺复兴美学又直接从古希腊神话汲取灵感。美杜莎是太强悍的另一个，代表生命中不能承受的力量，凡看见的人必须付出可怕代价。依据多梅尼科·皮亚琴察的教导，一个舞蹈动作必须是一次神话的完成，好比看见美杜莎的头并在下一刻化作石头，如此循环往复。[2]

现代性是一件外衣，在不同时代产生眼花缭乱的

---

[1] 波德莱尔，《理查·瓦格纳和"唐豪瑟"在巴黎》，收入《现代生活的画家》，页147。

[2] A. William Smith (ed.), *The Complete Transcribed Treatises and Collections in the Domenico Piacenza Tradition*, Pendragon Press, 1996, vol. 1, pp.11-13.

时装风尚，一个舞蹈动作的喘息，一朵恶之花，或一种爱智慧的态度。因为所有时代无不面临古今紧张，现代性无时不在，或如波德莱尔所说，"每个古代画家都有现代性"。在波德莱尔那里，现代性还被限制为"艺术的一半"，还界线分明的，"另一半是永恒不变"。只是，从过渡走向断裂的悲剧性不可避免，从来如此。

不是所有时代的巫师都清楚意识到，他们召唤出迷人而又骇人的时代幽灵，那披着现代性外衣的另一个在时间中具有何种杀伤力。

源　头

但我必须回到看见画的最初感动。那是寻常的巴黎冬天，用魏尔兰喜爱的 blême[1] 一词形容再恰当不过。Blême，像一种铅色，介乎青灰与白之间，是灵魂生病的忧郁颜色。晚钟敲响的时候我走进教堂，看见德拉克洛瓦的雅各。气喘吁吁的那一刻我开始在黑暗中的摔跤表现的自我检讨。

一幅德拉克洛瓦的画在远处……使你充满超自然的精神满足。有一种神奇的氛围朝你走来，包围你，

---

1 Paul Verlaine, "Chant d'automne", in *Poèmes saturniens*, Paris, Le Livre de poche, 1996.

幽暗而美妙，有光且宁静……等你走近，对主题的分析不会在起初的愉悦上增加什么或减少什么，因为愉悦的源头在别处，远离一切秘密的思想。[1]

波德莱尔是对的。如果弄丢了最初感动的线头，一切思考努力将徒然无益，在迷宫中茫然行进找不到出口。我们被一幅画打动，归根到底是被一股贯穿画和作画行为的气息所触动。借助一幅画及其生成过程的无形倾注，我们得以知觉天地的气息，如荷马诗中常用语，那是"有翼飞翔的话语"，犹如神话中出没山林水泽之间的仙子，或称"宁芙"（ninfa）。

阿甘本的《宁芙》[2]谈影像与记忆，从阿比·瓦尔堡的《记忆图谱》（Atlas Mnémosyne）出发论证宁芙作为某种影像源头的悖论。瓦尔堡在1929年去世前建构一座迷宫般的个人图像库，以古希腊记忆女神摩涅谟绪涅命名，现存数以千计帧图像根据不同主题在编号木板上排列组合，原计划还应配有文字阐释，但他生前未能实现。其中编号46的木板以"宁芙"为主题，共26幅，没有一幅图像直接表现宁芙。作为某种影像辩证术，宁芙的在场是无形的，如灵性的意动。

但我们不应忘记，瓦尔堡早年恰恰研究过有形的

---

[1] 波德莱尔，《德拉克洛瓦的作品和生平》，前揭，页102。
[2] 阿甘本，《宁芙》，蓝江译，重庆大学出版社，2016年，页14-20。

宁芙。[1]在波提切利的《春》中，宁芙出现在画的右边。风神从身后正要抓住她，而她拼命想逃，却来不及了。她与风神的婚约已经生效，她在口吐春天的花了。奥维德的《岁时记》详细记载了这段宁芙的变形记。[2]希腊神话的克洛里斯（Chloris）就这样变成罗马神话的佛罗拉（Flora）。她们奇迹般并排出现在波提切利的画中，构成十五世纪文艺复兴的某种不妨称作"佛罗伦萨综合症"[3]的现代性外衣。彼时地中海世界还有阿波罗神的光照，分离与生成的暴力也得到梦幻般的美的表达。从托名荷马祷歌到薄伽丘，瓦尔堡的博士论文有大量篇幅在追溯波提切利的文本源头。所谓源头（source），本是一股涌动的活水。

宁芙是什么？[4]不妨跟随诗人的直觉，相信源头在别处，在纯粹理性紧张以前，先有灵肉的交融。影像的辩证术，说到底源自一场场活生生的柏拉图对话。宁芙在其中，是人追问永恒的形状，作为天地灵

---

[1] 瓦尔堡的博士论文研究波提切利的《维纳斯的诞生》和《春天》。参看 Georges Didi-Huberman, *Ninfa fluida, essai sur le drapé-désir*, Gallimard, 2015, pp.7-80。

[2] Ovide, *Faste*, V, 183-378.

[3] 也称作"司汤达综合症"，参看 Stendale, *Rome, Naples et Florence*, Delaunay, Paris,1826, tome II, p. 102。

[4] 阿甘本追溯中世纪帕拉塞尔苏斯（Paracelsus）的炼金术传统，得出的结论让人想到本雅明的辩证影像："人与宁芙之间隐晦不清的关系史正是人与其影像之间艰涩难解的关系史。"（《宁芙》，页54-66）

气的化身,一次次变形,不断从死里重生。

是这样吧,德拉克洛瓦的雅各与天使摔跤第一时间占据了我们的眼与心,不只那钢铁的翅膀,那巨人般的绝望无度,还有尘烟里的形影,活的溪流,千万种植被,一个眼神,一缕晨光落在葱葱树叶间……所有微末细节构成一种整全的善意,或另一种气息的吹拂。罗马人不无道理地把希腊风神泽费洛斯(Zephyrus)改名为"好风神"(Favonius)。唯有至善的灵动,如诗人口称的"一无所求的气息"[1],让心安理得的老死去,让尚未僵坏的又一次不安萌动和疼痛。

---

[1] 里尔克,《致奥尔弗斯的十四行诗》,I,3,收入《〈杜伊诺哀歌〉中的天使》,页59。

在极强的风行前
现代修辞角力

在极强的风行前

只说一半，隐瞒另一半

1942年，《卡夫卡作品中的希望与荒诞》作为附录收入《西绪福斯神话》首版。这篇长文原本在正文框架内，后来替换成"论陀思妥耶夫斯基与自杀"（《群魔》中的基里洛夫）的相关章节。加缪表现出他对卡夫卡小说的洞见，也坦陈他与卡夫卡的根本分歧。分歧如坐标，不但标注加缪作为小说家和思想者的来历和局限，很可能也向我们揭示其人其作的动人所在。

《诉讼》里的K被控告却不知为什么，在弄清诉讼是怎么回事以前被处决。《城堡》里的K想进城堡却永在城外奔走迂回。加缪从中看见荒诞："人的呼唤和世界的无理性沉默之间的对立。"[1] 但他还想再做一次推进，推进的关键不是小说中的K，而是现实中的小说家："小说的意义更独特，更涉及卡

---

[1] 加缪，《西绪福斯神话》，收入《局外人 - 西绪福斯神话》，郭宏安译，译林出版社，2011年，页106。另参沈志明译本，《加缪全集·散文卷Ⅰ》，上海译文出版社，2010年。本文中援引的加缪译文依据法文原文做了改动，特此说明。

夫卡个人。"[1] 在探讨卡夫卡小说的伟大——"用日常表达悲剧，用逻辑表达荒诞"[2]——之后，加缪以尼采为例谈及另一种理想作品的伟大。文章结尾处不止一次出现的"也许"二字依稀传递出加缪的迟疑和不赞同。

……人们将明白卡夫卡作品可能有（peut être）多么伟大……但是人们也将同时领会荒诞作品所要求的独特的伟大究竟是什么，而这也许（peut-être）不在卡夫卡小说里。

给出一切又什么也不肯定（tout offrir et ne rien confirmer），这是卡夫卡小说的命运，也许（peut-être）也是卡夫卡小说的伟大。[3]

关于"给出一切又什么也不肯定"，卡夫卡在《诉讼》第九章做过再精彩不过的示范。在大教堂里，神父对K讲一则法的寓言。有个乡下人想进法的门里，守门人说不行，但将来也许可能。于是乡下人在门前等待一辈子。死前他问，为什么从未见过其他人来。守门人说："这道门专为你开，现在我

---

[1] 加缪，《卡夫卡作品中的希望与荒诞》，页198。
[2] 同上，页200。
[3] 同上，页207-208。

要关门了。"[1]

神父在讲故事以前声称，这则寓言的主题是欺骗。小说随后铺陈世人的诸种看法：有的说守门人骗了乡下人，有的说守门人才是受骗者，有的说谎言构成世界法则，有的说还有比辨识真话和谎言更重要的事……神父一再告诫K不必太认真，特别是"别不假思索接受一种看法"。直到分手时，K和神父对故事的理解也没有达成共识，而卡夫卡站在故事之外始终不予置评。

法的寓言写在《诉讼》大结局前，犹如小说家特意留给读者的阅读指南："写在纸上的东西不会改变，不同看法往往反映的是人们的困惑。"[2]

在论卡夫卡文章的最后一条注释中，加缪追加补充，他对卡夫卡的解释很可能不够聪明，至少不如其他人的解释聪明。"他叫约瑟夫·K，这不是卡夫卡，然而的确是他。"[3] 把小说中人等同为小说家，我们会说这有悖基本常识。但惟其如此，我们方得以理解加缪其人其作，理解他的较真——在他车祸身亡后第三日，萨特的悼词中一连使用五个形容词定义他的思想

---

1 卡夫卡，《诉讼》，章国锋译，收入《卡夫卡全集》第三卷，河北教育出版社，1996年，页171-173。
2 卡夫卡，《诉讼》，前揭，页173-177。
3 加缪，《卡夫卡作品中的希望与荒诞》，页201。

风格:"固执,狭隘而纯洁,严肃而感性。"[1]

这种较真解释了论卡夫卡标题的一个细节:希望被有意摆在荒诞的前头,作为对卡夫卡小说的理解和反驳,希望与荒诞的颠倒排序就像潘多拉打开瓶子以后的世界境况,与"给出一切又什么也不肯定"的笔法相连。

> 唯有希望留在它坚牢的住所,
> 还在瓶口内,还没来得及
> 飞出去,因为她抢先盖上瓶盖……
> 其他数不尽的灾难漫游人间,
> 不幸充满大地,遍布海洋。[2]

在神话里,希望让人迷惑地留在潘多拉的瓶中,其他灾难逃出瓶子遍布人间。希望是人在苦难中的寄托,还是更大的人为灾难?加缪援引基尔克果:"必须摧毁人间的希望,才能以真正的希望获得拯救。"[3]因为这样他一再申明,荒诞是出发点而不是结论,应

---

[1] 参看萨特在加缪去世三天后的悼念词。Jean-Paul Sartre, "L'accident qui a tué Camus, je l'appelle scandale", texte publié le 7 janvier 1960 dans *France Observateur*.
[2] 赫西俄德,《劳作与时日》,行 96-98,行 100-101。
[3] 加缪,《卡夫卡作品中的希望与荒诞》,页 204。

该感兴趣的不是荒诞的发现而是荒诞的后果。[1]有一种后果是荒诞被神化,人与荒诞性构成世俗化的神人关系,人对日常生活的屈服沦为某种希望的伦理。[2]

加缪论卡夫卡的结束语旨在通过反驳卡夫卡强调一种写作或日常生活的态度。某种程度上,这样的坚持由写作者的天性所决定。

也有这样的时候,创作不再被当成悲剧,而只是被严肃对待。于是人会关心希望。但他要做的不是希望,他要做的是转头不用诡计(subterfuge,或"遁词""托词")。然而,在卡夫卡向整个宇宙发出激烈控诉的尽头,我重新发现诡计。这个丑恶的世界,令人震惊的世界,连鼹鼠们也来参与希望的世界,卡夫卡最终用令人难以置信的判词宣布这个世界无罪。[3]

这是两位小说家的根本分歧所在。卡夫卡从不拒斥言辞诡计。《塞壬的沉默》这篇奇妙的短文表明,卡夫卡痴迷于西方文学传统中最擅长诡计的奥德修斯的故事。重述《奥德赛》第十二章的海妖神话,有和《诉讼》中法的寓言一样的问题关切。"给出一切又什

---

[1] 加缪,《西绪福斯神话》,前揭,页85,页98。
[2] 加缪,《卡夫卡作品中的希望与荒诞》,页203-204。
[3] 同上,页208。

么也不肯定",归根到底与诗的欺骗性有关。

荷马说,无人能听过塞壬歌唱之后生还。卡夫卡进一步说,比塞壬的歌唱更可怕的,是塞壬的沉默。但奥德修斯欢天喜地出发了,满心相信他的幼稚手段(比如带一块蜡堵住耳朵或者把自己绑在桅杆上)会派用场。他也确实从塞壬的死亡歌带生还。他是怎么做到的?他有没有从海妖那里得到他想知道的秘密?卡夫卡用极凝练的文字提供多种可能性。结尾的话为本就扑朔迷离的叙事再罩一层纱,让世界的光影顿时变了样:

这则传说还有一点补充。奥德修斯狡猾多谋,像只狐狸,连命运女神也无法看透他。或许他真的察觉塞壬的沉默——尽管属人的理智本无可能察觉。他以上述假象作为对付塞壬和诸神的盾牌。[1]

卡夫卡笔下有不只一个奥德修斯:天真的或狡猾的,悲剧的或喜剧的,或是两者兼备……亦真亦假的表象背后还有莫测高深的小说家。正如在大教堂里,讲故事的人一再告诫专心听故事的人:别欺骗自己,

---

[1] See Kafka, "Le Silence des sirènes", trad. A. Vialatte, in *La Lettre Horlieu-(X)n°5*, Paris: Horlieu , 1997, pp.3-4. 参看卡夫卡,《塞壬的沉默》,洪天富译,收入《卡夫卡全集》第一卷,页399。

你一直在骗自己。[1]

与其说卡夫卡发明了什么新东西,不如说他重现了一种古老的书写传统,就像荷马诗中本就如谜般连讲两遍的塞壬故事,[2] 就像在柏拉图的洞穴中变戏法,[3] 那样迷惑人又时时提醒有心人,本质为摹仿的诗(即"制作":poétique-ποιητικός)在与真实的永恒拉锯之中所拥抱的限制和可能。

而诸种可能中,加缪只取一种。他和他笔下的人物拒绝荒诞,也就拒绝了奥德修斯的诡计和诸种佯谬游戏。《局外人》的主人公在监狱里读旧报纸,有一则社会新闻吸引他读了不知几千遍,也吸引加缪稍后写下三幕剧《误会》。常年生活在外乡的人回到故乡,有意隐瞒身份,以致被亲人误杀。加缪和他笔下的人物说:"我觉得那个旅人有点自作自受,永远也不应该游戏(il ne faut jamais jouer)。"[4]

苏格拉底你像个外乡人

1952 年 4 月 30 日,加缪与阿伦特在巴黎会面。

---

[1] 卡夫卡,《诉讼》,前揭,页 171。
[2] 先是基尔克对奥德修斯的指引,再是奥德修斯亲身经历,参看奥 12.39-54,165-200。
[3] 柏拉图,《理想国》,514a-515c。
[4] 加缪,《局外人》,柳鸣九译,收入《加缪全集·小说卷》,上海译文出版社,2010 年,页 47。

事先阿伦特主动联系加缪,声称"读过并且很喜爱《反抗者》"。[1] 同一时期家信中,她称加缪"无疑是当今法国最好的人,其他知识分子只是还能叫人忍受而已"。[2] 这位海德格尔的学生批评法国存在主义是"存在哲学的死亡",[3] 是"哲学家对哲学的反叛",[4] 对加缪却显得另眼相待——

关于一种世界彻底异化的哲学,加缪在第一本书开篇说过一句让人赞叹的话:"真正严肃的问题只有一个,那就是自杀。"这句话里包含许多真相。[5]

---

[1] 1952年4月21日阿伦特致信加缪:"我在巴黎几周,方便的话,很期待和您见个面。我读过并且很喜欢《反抗者》,事实上这是我写这封短信的唯一原因……""Lettre d'Hannah Arendt à Albert Camus, le 21 avril 1952", Fonds Albert Camus, droits réservés. 1951年阿伦特在纽约出版《集权主义的起源》,加缪在巴黎出版《反抗者》。阿伦特夫妇藏书中另有《局外人》《西绪福斯神话》《卡里古拉》《鼠疫》和《堕落》等加缪著作。
[2] Hannah Arendt, Heinrich Blücher, *Correspondance 1936-1968*, trad. Anne Sophie Astrup, Paris, Calmann-Lévy, 1999, p.233.
[3] Jean Wahl, *Esquisse pour une histoire de «l'existentialisme»*, Paris, L'Arche, 1949, réed, 2001, p. 10. 阿伦特一度戏称法国存在主义哲学家是"江湖艺人,他们住旅馆,泡咖啡馆,热衷公共生活,乃至不惜抛弃私人生活。就连成功也没能让这些叫人厌烦的人变得值得尊敬"。Hannah Arendt, "French Existentialism", in *The Nation*, n°162, 23 février 1946, pp.226-228. 法文版见 Hannah Arendt, *La Philosophie de l'existence et autres essais*, Payot, 2000, p.78.
[4] 阿伦特,《过去与未来之间》,页6。
[5] Hannah Arendt, *La Vie de l'esprit*, tome 2, Le Voiloir, pp. 98-99.

早在此次会面以前，阿伦特在与导师雅斯贝斯的通信里说："加缪显然不如萨特有天分，但加缪更重要，因为他更严肃也更真诚。"[1] 另一封信里，她把加缪归入某种战后的新欧洲人类型：

> 他绝对真诚，有高度政治辨识力。如今从欧洲各国涌现出一种新人类型，他们是不带丝毫"欧洲国族主义"（nationalisme européen）的纯粹的欧洲人……加缪也在其中。他们在哪里都像在自己家里，甚至用不着会说当地语言。和他们相比，萨特是典型得多的法国人，文学得多，有天分得多，也有野心得多。对我来说这是新经验，战前不曾见过这类人。仿佛面对法西斯（但愿是真的面对）的共同经历让某些人突然实现了从前毫无现实可言的理想主义规划。[2]

阿伦特的说法很可以与加缪本人的文字互证。在致德国友人的信中，加缪以"自由的欧洲人"对比纳粹分子，并强调这个区分远比法国人德国人意大利人的区分更重要。[3]《鼠疫》中的反抗者塔鲁也说："在欧

---

[1] Hannah Arendt, Karl Jasper, *Correspondance*, Paris, Payot, 1996, p.102.
[2] 1946 年 8 月 16 日致雅斯贝斯的信，参 Hannah Arendt, Karl Jasper, *Correspondance*, Paris, Payot, 1996, p.116。
[3] 加缪，《致一位德国友人的信》，杨荣甲译，收入《加缪全集·散文卷 II》，上海译文出版社，2010 年，页 3。

洲无论哪个国家有斗争，我都去参加过。"[1] 小说进一步把抵抗运动搬演到欧洲以外。在阿尔及利亚的奥兰城里，塔鲁是外乡人，是长期受困于荒诞问题的人。他参加与鼠疫的战斗并且牺牲了。不只他，小说中的医生记者无不指向同一类新欧洲人。

但新欧洲人身份没有取代加缪及其笔下人物的另一精神安顿问题。不妨说两者像是相互追捕的狩猎关系。局外人、正义者、反抗者、第一个人……这些标题表明作者不断调适、校准个人精神定位的用心努力。1913年加缪在法属阿尔及利亚出生，直至1940年定居巴黎，1960年在法国离世。他的全部小说写在1940年以后，却让人惊讶地鲜少提及巴黎或其他法国城市。

《局外人》故事发生在阿尔及尔，《鼠疫》在奥兰，《流放与王国》的多数短篇小说在北非，只有《约拿或工作中的画家》是例外，讲述巴黎如何把一个画家逼到孤独的阁楼尽头。《堕落》中的律师大概是唯一真正的巴黎人，而他就像塔鲁自我流放，去了阿姆斯特丹。

我们大约也记得，默尔索的巴黎印象是"很脏"，《第一个人》说起每次离开巴黎去非洲有越狱成功般的狂喜，《误会》的主人公多年后从有阳光和大海

---

[1] 加缪，《鼠疫》，刘方译，上海译文出版社，2013年，页218。

的北非回到阴郁的欧洲，他佯称出生地在波西米亚（Bohême），果真到死也没摆脱波德莱尔以降的波西米亚人（bohémien）概念所自带的精神流浪处境："你以外乡人身份来见人家，怎么能不被人家看成陌生人呢？"[1]

临死前他对不曾相认的亲人说：我走的时候不要像个"冷漠的过客"（hôte）。[2] 法语中 hôte 是多义词，既指客人，也指主人。短篇小说《宾主》（L'hôte，常见的译法"东道主"只译出一半意思）流露出更为尴尬的苦涩，或许因为故事发生在法属阿尔及利亚——《鼠疫》中的奥兰城里几乎看不见阿拉伯人的生活印迹，迄今有另一种争议性的尴尬。

在《宾主》中，一个法国小学教师和一个阿拉伯犯人在暴风雪的冬夜共处一室。表面上，小学教师是主人，收留阿拉伯人一夜。但在柏柏尔人（法语 Berbère，词源出自希腊文 βάρβαρος- 拉丁文 barbare）常住的殖民地，谁是主，谁是客？学校地处高原和沙漠之间，四周全是险路。风景是人心的写照。宾主朝夕相处，交流无可能，双方努力过都以失败告终。

---

[1] 加缪，《误会》，李玉民译，收入《加缪全集·戏剧卷》，页 80。参看 Albert Camus, "Le Malentendu", in *Caligula, suivi du Malentendu,* Paris, Gallimard, 1993, p.167. 同一句话重复出现 étranger，可译为局外人、外乡人或陌生人。

[2] 加缪，《误会》，前揭，页 102。

在这片荒漠中，无论他还是他的客（主）人都无足轻重，但出了沙漠两个人都活不下去。

故事结尾，小学教师未按要求把阿拉伯人送进警察局，而是带他到十字路口，让他自由选择逃跑或自首。这个做法再度被当地人误会："在他深爱的广袤国度里，他是孤独的。"[1]

新欧洲人依托欧洲思想传统应运生成，与此同时欲求冲破文明基础的必有限度。有必要强调，多重身份的紧张关系与文明兴衰交错是并行的事，身在故乡如外乡人不是现代文学的新感觉。

在柏拉图对话中，天真的雅典少年人惊叹：苏格拉底，你像个外乡人！[2] 公民与哲人的身份冲突导致苏格拉底遭受城邦审判，而他从容赴死。表面看去，卡夫卡小说中的K，加缪笔下的局外人，这些现代文学里的外乡人不也有相似的人生轨迹吗？他们一样遭遇审判，一样被处死刑。只是撇开哲学沉思的密度、人世洞察的深度，仅就一种文学形象的温度而言，他们与柏拉图文学里的苏格拉底形象有天壤之别。

---

[1] Albert Camus, "L'Hôte", in *L'exil et le royaume,* pp.92-93, p.101. 参看《东道主》，丁世中译，收入《加缪全集·小说卷》，页394-405。
[2] 柏拉图，《斐德若》，230c5。

因为人生轨迹有别于心灵轨迹。且不说加缪笔下的局外人实在地杀了人,他们与世界的"和解"仅仅发生在生命最后一刻,这多少有损他们被赋予的清醒意识,尤其是他们如此坚持对幸福的执著——局外人在处决前夜相信"过去曾经是幸福的,现在仍然是幸福的",[1] 就像被罚不停推石头上山的西绪福斯被设想是幸福的,就像"正义者"完成暗杀任务走向绞刑架时必须是幸福的:"他做好牺牲准备,拒绝幸福生活,倘若赴死时没有得到幸福,那太不公正。"[2]

在成为某种无天性差别前提的伦理感觉以前,幸福曾经是一个活的哲学问题。

可怕的一往情深

巴黎那次会面似乎没有在阿伦特或加缪的生平留下多少印记。[3] 他们的另一个交集更值得关注。

---

1 加缪,《局外人》,页73。
2 加缪,《正义者》,李玉民译,收入《加缪全集·戏剧卷》,页250。
3 阿伦特是否在与加缪会面之后对《反抗者》有所改观呢?参看1952年6月14日布吕歇尔在信中谈到阿伦特"低估"《反抗者》:"我认为你低估了加缪的新书《反抗者》。此书是批判虚无主义的要著。我在很多方面和他有相同的结论。无论如何加缪是名副其实的现代哲学家,这可真是莫大的安慰!" Hannah Arendt, Heinrich Blücher, *Correspondance 1936-1968*, p.233. 阿伦特有意在法国出版《集权主义的起源》,最终促成此事的人不是在伽利玛出版社担任顾问的加缪,而是雷蒙·阿隆。

关于卡夫卡的交集。[1]

继《西绪福斯神话》之后，1944年阿伦特为小说家去世二十周年撰写《重估卡夫卡》。[2] 如果说思考卡夫卡是加缪学说的重要构成部分，那么阿伦特不断重提这位与她同母语的小说家，特别在谈论法国现代哲学的时候。在《过去与未来之间的裂隙》中，阿伦特为解释法语诗人热内·夏尔的一句诗，再次求助于卡夫卡的小说经验。[3]

在《重估卡夫卡》中，阿伦特谈及卡夫卡小说通常引发的一种"误读"。这种误读涉及哲学与宗教的不可调和，同样与修辞有关，似乎也成了加缪的误读。

卡夫卡小说中的人生如一场噩梦，又似乎比现实更真切。无论《诉讼》里的法院大楼，还是《城

---

[1] 另一个早年交集：1928年阿伦特在雅斯贝斯指导下完成博士论文《奥古斯丁作品中的爱的概念》(*Le concept d'amour chez Augustin*)；1936年加缪在阿尔及尔大学完成毕业论文《基督教形而上学和新柏拉图派：普罗提诺和奥古斯丁研究》(*Métaphysique chrétienne et néoplatonisme. Plotin et Saint Augustin*)。同系研究奥古斯丁，阿伦特的政治哲学探究追溯亚里士多德传统，加缪对新柏拉图主义感兴趣。

[2] Hannah Arendt, *"Franz Kafka: A Revaluation, On the Occasion of the Twentieth Anniversary of His Death"*, in *Essays in Understanding 1930-1954*, New York: Harcourt Blace & Compqny, 1994, pp.69-80. 中译本见《弗朗茨·卡夫卡：一次重新评估》，张淳译（《文化研究》第七辑），引文略有改动。

[3] 阿伦特，《过去与未来之间》，前言，页5。

堡》里的城堡，小说中的 K 既无法进入成为其中一员，也无力窥探其所影射的政治生活秩序的整全样貌。K 遇到的每个城邦中人不容置疑把这种秩序神圣化，正如城堡里的克拉姆老爷被村里人神化。神父告诉 K，法的看门人的话未必真实，但要当成必然法则来服从。克拉姆老爷从未正式登场，但在村里人的言辞里，克拉姆老爷的神秘存在攸关生死和灵魂安危。由此引发尼采之后关于世俗生活的某种宗教性表述。

1926 年卡夫卡生前好友和遗嘱执行人马克斯·勃罗德在《城堡》初版后记中率先做出定义：可望不可即的城堡，就是神学家口称的神恩，就是指引人类命运的上帝的办事处。[1]

但有心的读者还会发现，卡夫卡让 K 评价神父的必然性说法"让人沮丧的结论"，正如 K 评价村里姑娘对克拉姆老爷的爱："可怕的一往情深！"[2] 这让人多少想到阿伦特形容对卡夫卡的误读是"糟糕神学的表达"。[3] 表面上加缪确乎沿袭了类似的神学解释，《城堡》是"一种化为行动的神学"，是"一个寻求神

---

[1] Max Brod, "Postface à la première édition", in KAFKA, *Le Château*, Paris, Gallimard, 1972, p. 518-521.
[2] 卡夫卡，《诉讼》，页 177；《城堡》，赵荣恒译，收入《卡夫卡全集》第四卷，页 88。
[3] Hannah Arendt, *Franz Kafka: A Revaluation*, p.72.

恩的灵魂的个人遭遇"。[1]

值得一提的是，加缪不是赞同而是反驳这种将日常生活秩序神圣化的倾向，这种接近基尔克果式的从怀疑到信仰的跳跃："通过否定上帝的东西重新发现上帝"，[2] 在没有出路的世界徒生希望，让人爱上终将压垮自己的虚无主义。或许是过分认真地对待卡夫卡的反语，加缪没有提到那些扑朔迷离的对话里隐藏着和他本人近乎一致的用意，按阿伦特的说法，就是揭开"神圣必然性的伪装"——

现代读者，或者至少二十年代的读者，为这类悖论着迷，被单纯对比吸引，不再愿意倾听理由。他对卡夫卡的理解更多表现他自己而不是卡夫卡，表现他如何适应这个社会，哪怕是某种"精英"的适应。与此同时，涉及有欺骗性的必然性和被视同神圣法则的必要谎言，他在卡夫卡的佯谬面前一本正经。[3]

加缪的修辞立场使他充分注意到卡夫卡"用日常表达悲剧"的叙事才华，而忽略卡夫卡同时是了不起的喜剧大师。

---

[1] 加缪，《卡夫卡作品中的希望与荒诞》，页 199。
[2] 加缪，《卡夫卡作品中的希望与荒诞》，页 200-202。
[3] Hannah Arendt, *Franz Kafka: A Revaluation*, p.72.

《诉讼》的十个章节浸透着浓郁的佯谬色彩。第七章律师几番慷慨陈词，对法院机制做出长篇批判性描绘，在 K 眼里不过是陈词滥调让他厌烦。倘若把这些文字单纯理解为小说家抨击现实司法弊端，那么很可能错过卡夫卡的修辞及其背后深意。

《城堡》同样如此："每一章都是一次失败，同时是新的开始。"[1] 在加缪这句话的悲怆基调上，有必要适当添补一丝辛辣的笑意。

小说未完成稿的结尾处，K 与老板娘无休止地斗嘴："你没说真话，为什么你不说真话？""你不也不说真话吗？"[2] 究竟是玩笑还是真话呢？K 毫无征兆地突然品评起女人家的衣裳，五大三粗的老板娘一气之下推开大衣柜，里头满当当数不过来的花裙子，一件件被小心翼翼收拾好，那么花哨，那么过时，就像城堡的克拉姆老爷在村里人心目中也有满当当数不过来的样子。

至于那两个从头错到尾的助手，K 不只一次赶走他们，却永远摆脱不了他们。他们在雪地里徒然想让 K 回心转意，那么可笑悲怆，俨然是《等待戈多》中的戈戈和狄狄。加缪绝口不提他们，正如加缪与荒诞派戏剧刻意保持距离，也公开表态不认同

---

[1] 加缪，《卡夫卡作品中的希望与荒诞》，页 202。
[2] 卡夫卡，《城堡》，页 349-350。

布莱希特。[1] 1955年在题为"关于戏剧的未来"的雅典讲座上，加缪选择的法语戏剧代表是纪德和季洛杜，而不是贝克特的《等待戈多》（1953年）或尤奈斯库的《椅子》（1952年）："加缪没有试图跳上那辆名曰新戏剧的火车。"[2]

因此不只是修辞。毋宁说，修辞从来不是独立存在的问题。

加缪的思考从尼采的结论出发，包括尼采声称上帝在其时代的灵魂中死了。正如欧洲人身份不能根治精神困境，否定上帝的立场没有抹掉上帝疑难的纠缠。这两个问题很可能指向同一件事。加缪笔下的人物总也摆脱不了与神父的对话冲突，那样诚心又脆弱，一碰即碎，像挥之不去的梦魇。

在被拒绝三次的含泪的神父面前，局外人生平第一次也是最后一次爆发了。《鼠疫》里的医生显得坚定，但也忍不住对神父发火，承认在黑暗中，正如加缪本人承认无法从理性或经验认识上帝，为此主动放弃认识。否定基督宗教的上帝，表面追溯古希腊传统的理性依据，实际继承了法国启蒙运动以降历史取代宗教

---

[1] Albert Camus, *Œuvres complète*, IV, Gallimard, Bibliothèque de la Pléiade, 2013, p.650.

[2] Jean Yves Guérin, "Le Théâtre de Camus, hier et aujourd'hui", in *Revue d'histoire littéraire de la France*, Presses Universitaires de France, 2013, n° 4, vol. 113, pp. 815-831, see p.829.

对传统智识结构的根本挑战。从这个角度理解加缪毕生探寻一种现代性悲剧语言——

> 所谓悲剧作品,就是在一切希望被排除的情况下描写一个幸福的人的生活。[1]

我们说过这种对幸福概念的执著。有必要指出,貌似矛盾的,幸福的人在加缪笔下同时是悲剧性的人:

> 这个矛盾的人,这个被撕裂的人,这个意识到人与其历史的含混性的人,正是再好不过的悲剧性的人。这样的人或许正一步步走向属于他自身的悲剧的表达方式,并将在"一切皆善"的那天得到此种悲剧的表达方式。[2]

加缪在雅典讲座上提出第三次悲剧复兴。西方历史有过两次伟大的悲剧时代,分别发生在古代雅典和以莎士比亚为代表的近代欧洲。依据加缪的不完全理解,悲剧与美相连,古希腊人讲究限度和正义,连战争也以海伦象征的美为名,与之对应的是"把海伦放

---

[1] 加缪,《卡夫卡作品中的希望与荒诞》,页 207。
[2] 加缪,《雅典讲座:关于悲剧的未来》,收入《加缪全集·戏剧卷》,页 737。

逐"的欧洲。[1] 接连经历两次世界大战的现代欧洲人见证太多恶和丑，还有可能延续传统悲剧做法，表现人无限趋向高贵善美的过程中的角力挣扎吗？

在谈及古希腊悲剧传统时，加缪显得特别推崇埃斯库罗斯和索福克勒斯，同时声称，"苏格拉底看轻悲剧，唯独对欧里庇得斯例外"。[2] 这是因为尼采在《悲剧的诞生》中说过，苏格拉底和欧里庇得斯摧毁了悲剧精神。

悲剧、喜剧和吐火女妖

加缪在看待悲剧问题上追随尼采，这是因为他同样有疗治现代虚无主义的志向。依据尼采的论断，要克服虚无主义，必须恢复苏格拉底所摧毁的古希腊悲剧精神。

在一则名为"死去的苏格拉底"的箴言中，尼采有意误读柏拉图的《斐多》，把苏格拉底解释成虚无主义者。尼采声称欣赏苏格拉底这位精通佯谬充满言辞欺骗性的雅典爱智者，这位让阿尔喀比亚德等天之骄子也忍不住哭泣战栗的有情人。苏格拉底的智慧和

---

1 参看加缪的《海伦的流放》，Albert Camus, "L'Exil d'Hélène", in *Noces suivis de l'été*, Gallimard, 1959, p.134。
2 加缪，《雅典讲座：关于悲剧的未来》，前揭，页730。

勇气表现在他的言行中,更表现在他的沉默中。在尼采看来,直到弥留之际苏格拉底才流露出"颓废者"的本真样子:

> 我真希望他在生命最后一刻也能保持沉默……然而有什么东西让他临死时松口了:"克力同,我欠阿斯克勒皮奥斯一只公鸡。"[1] 对听懂的人来说,这可笑可怕的遗言意味着:"克力同,生活是一场疾病!"这是可能的吗?一个像他这样的男子,活着时那么快乐,在所有人眼里像个战士,他竟然是悲观主义者![2]

尼采一生受苏格拉底吸引,与此同时尼采是苏格拉底最尖锐的批评者。这个事实造就一种极隐晦的笔法。[3] 正如柏拉图把诗人赶出理想城邦,这不仅意味着柏拉图批评荷马,还隐含柏拉图受益于荷马的事实:

---

[1] 关于苏格拉底的最后之言,对观《柏拉图四书》中的译注:"苏格拉底说的是'我们欠',而不是'我欠',他要求的是'你们还',而非克力同还。"(页551注2)
[2] 尼采,《快乐的科学》,"340. 死前的苏格拉底",黄明嘉译,华东师范大学出版社,2007年,页316。译文略有改动。另参看《偶像的黄昏》,"苏格拉底问题",页41-42。
[3] 参看施特劳斯,《苏格拉底问题》,刘振译,收入《苏格拉底问题与现代性》,华夏出版社,2016年,页449-472。

哲学向诗学习，进而对诗发起根本挑战。[1] 从柏拉图与荷马的古老竞赛出发，我们得以理解尼采有意与苏格拉底竞赛。

在《偶像的黄昏》中，尼采把某种"理性＝德性＝幸福"的古怪等式归咎于苏格拉底："要么毁灭，要么荒谬地理性。"[2] 这让人多少明白加缪对幸福的执著源出何处。有关理性的批评言辞未必说中了苏格拉底问题要害。[3] 尼采不是头一次射偏靶心。他早年通过瓦格纳理解古希腊悲剧，有志为现代性疾病开药方，结论却是瓦格纳恰恰代表"现代性最隐秘的话语"。[4]

尼采亦真亦假的修辞让我们依稀看出来了，柏拉图笔下的苏格拉底既是悲剧的也是喜剧的。《会饮》终场有关戏剧的对话往往为人所忽略。天快亮时，众人喝醉了，睡的睡，走的走，唯独三人还在大碗喝酒进行最高段数的交谈：哲人苏格拉底、喜剧诗人阿里

---

[1] "我以前没有意识到，柏拉图曾学习诗人，对我来说，这是一种反向预测，即诗受惠于哲学。"伯纳德特，《弓与琴》，程志敏译，华夏出版社，2016年，页1。
[2] 尼采，《偶像的黄昏》，页47，页52。
[3] 唐豪瑟清点尼采作品中的苏格拉底形象并做结论："尼采把苏格拉底和柏拉图当成靶子，对过去哲学的许多指控并没有命中目标，例如对教条主义和体系的批判也许适用于黑格尔，针对理性主义的许多攻击也许打中了笛卡尔，但都没有打中苏格拉底和柏拉图。"参看唐豪瑟，《尼采眼中的苏格拉底》，田立年译，华夏出版社，2013年，页238。
[4] 尼采，《瓦格纳事件，尼采反瓦格纳》，页10。

斯托芬和悲剧诗人阿伽通。苏格拉底迫使另两位承认，真正高明的创作者既要懂悲剧也要懂喜剧。无论悲剧还是喜剧都旨在洞察人世，但唯有兼具悲剧和喜剧的眼光，方能获得关乎人世的整全认识。[1] 三人喝着谈着，阿里斯托芬撑不住先倒了，阿伽通到天亮后也倒了，只剩苏格拉底没事一样起身离开。古希腊戏剧产生于酒神崇拜礼。狄俄尼索斯是会饮一夜看不见的主角。在柏拉图笔下，至少是诙谐地说来，三人的酒量比赛多少反映了他们各自的戏剧水平以及思想水平。

柏拉图使用悲剧和喜剧两种诗消化他心目中的苏格拉底形象。从这个角度理解柏拉图对话与辩证术（dialogue‑dialectique）的活泼的生命联系，远远不能等同为传统诗学直至现代美学所建构的矛盾冲突体系。尼采不只一次把苏格拉底说成喜剧人物，或"让人把他当回事的丑角"——

在苏格拉底身上，一切都是夸张的，滑稽演员，漫画，一切同时又是深藏的，隐晦的，秘密的。[2]

这些半带苦恼半较真的说法早就出现在柏拉图笔下。喝醉了的阿尔喀比亚德不也同样半带苦恼半较真

---

[1] 柏拉图，《会饮》，223d，参看《柏拉图四书》，页 277-278，注释 3。
[2] 尼采，《偶像的黄昏》，页 47-48。

地说苏格拉底活像一尊林神雕像,模样奇丑却暗藏机关,又说苏格拉底像塞壬,唯有用力捂住耳朵才不会被他的言辞迷住?[1] 从阿尔喀比亚德到尼采,苏格拉底身上究竟有什么东西让人苦恼入迷?另一位苦恼入迷者基尔克果在1841年博士论文中尝试回答这个问题:

> 苏格拉底具备佯谬,除此之外我没有别的答案……如果说苏格拉底代表悲剧性与喜剧性的统一,那么佯谬本身就是这种统一。[2]

就笔法而言,欧里庇得斯既是悲剧诗人也是喜剧诗人,这使他有别于埃斯库罗斯和索福克勒斯。特洛亚亡城时,男人们被杀光了,只剩一群女人痛不欲生,这时浓妆艳抹的海伦出场,一番讨饶娇嗔,跟着前夫墨涅拉奥斯回家去了。别人是国破家亡,偏偏惹事的她毫发无伤。[3]《特洛亚女人》展示出极高明的悲喜剧手段。更不必说《酒神的伴侣》。这类例子散见于欧里庇得斯的几乎所有诗剧。在日本戏剧导演铃木忠志的当代版本里,海伦的戏被删掉了,也从根本上

---

[1] 柏拉图,《会饮》,215b,216b。
[2] 克尔凯郭尔,《论反讽的概念:以苏格拉底为主线》,汤晨曝译,中国社会科学出版社,2009年,页61,页64。
[3] 欧里庇得斯,《特洛亚妇女》,行895-1059,海伦在第三场出场。

修改了剧场叙事的思想张力。

加缪致力于复兴苏格拉底以前的悲剧精神,这至少部分地解释了一种有意摒弃喜剧的修辞立场。他为热内·夏尔的德文版诗集撰写序言时,引用诗人的一行诗:"那含泪双眼里的智慧"(La sagesse aux yeux pleins de larmes),[1] 智慧被定义为悲剧式的。他将《群魔》改成剧场版,并自称读陀思妥耶夫斯基的小说长大,戏剧改编前后持续二十年之久(1936—1959),最终版本恰恰抹掉陀氏小说中充满思想张力的喜剧因素:

> 我试图遵循小说的内在运动,同时由讽刺喜剧转向正剧,再走向悲剧……最终达到一种悲剧性的模仿。[2]

陀氏小说极有洞见地刻画了不同灵魂类型,特别是一系列动人心魄的喜剧人物和让人喘不过气的喜剧场景。《群魔》中有和《西绪福斯神话》一样关注自杀问题的基里洛夫,也有和《反抗者》一样关注杀人问题的斯塔夫罗金,但远远不止他们。相形之下,加缪作品几乎总在表现一类人,不论局外人还是反抗者。人物冲突与其说是不同灵魂天性在共同体中的紧

---

[1] René Char, "La Bête innommable", in *La Paroi et la Prairie*, Paris, Edition GLM, 1952, p.32.
[2] 加缪,《关于群魔》,收入《加缪全集·戏剧卷》,页 593-594。

张关系,不如说是某一类人与世界反抗的不同阶段。

卡夫卡的小说为不同的灵魂天性留有余地,这是否因为卡夫卡既懂悲剧也懂喜剧?根据阿伦特的解读,卡夫卡笔下的K是外乡人,"不仅因为他不属于村庄也不属于城堡,还因为他是唯一正常健康的人";作为一类智识人代表的K"被一个由大人物和小人物所组成的社会遗忘"。相应地,卡夫卡小说的读者也指向同一类智识人,唯独这一类听故事的人——

他们感到人生、世界和人类是如此复杂而又极其有趣,一心想从中找出真相,于是向讲故事的人讨教对寻常经验的洞见。[1]

加缪进一步追问,卡夫卡小说置身于何种思想传统?[2] 卡夫卡显然熟悉荷马史诗。《诉讼》和《城堡》让人一再想到以《奥德赛》为代表的古代英雄循环史诗,要走进法的大门或城堡,正如要重返伊塔卡故乡:每一章是一次失败,同时是新的开始。每一章有女人全新登场,就像奥德修斯一路遇见的女神女巫女妖还有公主王后……其中有个大约被视同通灵(仅仅因为她是所谓的"克拉姆的情人")的姑娘和基尔克

---

[1] Hannah Arendt, *Franz Kafka: A Revaluation*, p.73, p.76, p.77.
[2] 加缪,《卡夫卡作品中的希望与荒诞》,页 206。

一样把酒足饭饱准备狂欢的人们赶进牲口棚,只是她给 K 指路似乎不及基尔克给奥德修斯指路有效。

毫无意外,卡夫卡小说中的女人是神话里的吐火女妖、双翼飞鸟、人面马或百头怪……归根到底是《斐德若》开场苏格拉底所说的我们每个人在心中豢养的神兽。[1]

> 不要把知道的一切全部告诉女人,
> 要只说一部分,隐瞒另外一部分。
> (奥 11.442-443)

奥德修斯在冥府得到故知阿伽门农的劝告。死在女人手里的阿伽门农显得心有余悸,正如卡夫卡和他所喜爱的基尔克果在现实生活中受困于女人问题。撇开不谈尼采把真理比作女人的可恶说法,更值一提的是,在荷马诗中,阿伽门农的劝告既悲伤严肃又叫人忍俊不禁。只说一半,隐瞒另一半,与卡夫卡的小说笔法构成天平的两端:给出一切又什么也不肯定。

自然我们可以说,现代小说以擅长言辞诡计的奥德修斯的故事为蓝本,这不是什么新鲜事,乔伊斯的

---

[1] 柏拉图,《斐德若》,229d-230a,引文采用《柏拉图四书》,页 285-286。

《尤利西斯》就是例证。但有一个更严肃的问题:卡夫卡有没有直接或间接地受益于柏拉图对话术,类似于尼采领悟到的苏格拉底在不言说中的秘密?

卡夫卡不但理解塞壬的歌唱,更关注塞壬的沉默。临刑的 K 跪在采石场,黑夜中突有一线光照,一扇窗开,一个模糊细瘦的影子。那是一直以来与卡夫卡沉默对话的苏格拉底式精灵吗?我忍不住想起自学成才的卢梭,不识希腊文,也绝无同时代学者的古典素养,仅仅从普鲁塔克直至蒙田等前人作者的援引中,卢梭天才地透彻理解了柏拉图提出的苏格拉底问题。卡夫卡小说作为开端的现代文学有可能追溯同一路向的思想传统并且有可能追溯多远呢?

至少我们知道,卡夫卡深受基尔克果影响。他在日记中自称与基尔克果的精神处境"非常类似,至少他处在这个世界的同一边,我确认他像一个朋友"。[1]

基尔克果一生追问苏格拉底问题,尤其柏拉图对话中的佯谬修辞:在柏拉图哲学中什么属于苏格拉底,什么属于柏拉图?基尔克果的提问帮助我们理解他本人的哲学书写。

《或此或彼》远非仅此一例。这部奇书的假名作

---

[1] 卡夫卡,《日记》,1913 年 8 月 21 日书信,孙龙生译,收入《卡夫卡全集》,第六卷,页 260。

者名叫"隐者维克托"（Victor Ermita），声称在旧货店的老写字台里发现一堆论文，其中既有托名 A 的年轻诗人撰写的美学文章，也有托名 B 的法官写给 A 的道德书信……读者在其中遇到与卡夫卡小说相仿的叙事迷宫：给出一切又什么也不肯定。A 与 B，美学与道德，如果说对话背后有个隐藏的维克托，那么这位托名编者的审视目光未必等同于基尔克果本人。基尔克果同样声称他没有发明什么新方法，而是在继承一种古来有之的书写传统。[1]

加缪追问卡夫卡小说的思想传统，而阿伦特强调卡夫卡的现代品质，一种"别处没有同等强度并且是毫不含糊的现代性"，具体表现为拒斥十九世纪西方思想传统中的"空泛的伟大"（empty greatness）——我们还记得，加缪恰恰尝试谈论小说的伟大。依据阿伦特的解读，卡夫卡笔下的 K 拒绝"伟大天才或伟大使命"，致力于摧毁凭靠伟大理念所建构的旧秩序，做"重构世界者"（fabricator mundi）。然而，此种现代立法者的志向不可谓不伟大，光是"有善好意愿的人"（man of good will）够不够？卡夫卡对此保持沉默。《重估卡夫卡》的结束语宛若一种现代宣言："这个带善好意愿的人可能是任何人和每个人，甚至或许就是

---

[1] 参基尔克果，《或此或彼》，阎嘉译，华夏出版社，2007年，页 3-17。

你和我。"[1]

从阿伦特和加缪的卡夫卡解读不难看出两种思想之间的分歧。[2] 在阿伦特的晚近影响与法国存在主义哲学的过时之间是否存在若干隐匿的关系？阿伦特确乎不无道理地指出了，法国存在主义哲学有心克服虚无主义却难逃虚无主义的窠臼——

> 必须严肃指出，在他们的哲学中有些地方暴露出他们对过时观念的危险的依恋。尽管他们否认虚无主义，但诸种虚无主义概念在他们的哲学中有迹可循，这不是新视野的结果，而是由极为陈旧的思想所导致。[3]

阿伦特这里说的"过时观念"和"极为陈旧的思想"所指何处？

《传统与现代》提到，十九世纪对西方传统的三次挑战均以自我毁灭告终，其中包括基尔克果从怀疑到信仰的跳跃，以及尼采的"柏拉图主义颠倒"或"一切价值转换"。[4] 加缪追随尼采，卡夫卡与基尔克果亲近。尽

---

[1] Hannah Arendt, *Franz Kafka: A Revaluation*, p.69, pp.79-80.
[2] 参看 Rémi Baudouï, "Hannah Arendt et Albert Camus", in *Présence d'Albert Camus*, 2017, vol. 9, pp. 13-27。
[3] Hannah Arendt, *La Philosophie de l'existence et autres essais*, Payot, 2000, p.88.
[4] 阿伦特，《过去与未来之间》，页 30。

管路径不尽相同,但两位先行者均在年轻时代就把关注的目光转向苏格拉底问题,并且从此没有真正离开过。

法国现代哲学反抗虚无主义的失败与十九世纪针对西方传统的这场思想角力有关吗?不得不说,此种志向及其失败本身的张力很可能远甚于正与反、希望与荒诞、流放与王国、阳光与苦难等加缪笔下的"单纯对比",如一道几何学的倾斜,支撑起加缪学说为人所亲近的基础构造。

他有两个对手

我们的继承没有任何遗言在先。

Notre héritage n'est précédé d'aucun testament.[1]

热内·夏尔的这句箴言诗做了《过去与未来之间》的全书开场白,也是《论革命》最后章节的题词。[2] 阿伦特两次化用诗人对诗的界定来阐释现代哲学问题,让人想到福柯把波德莱尔的现代性诗学转化成一种哲学态度。

没有遗言的继承,意味着没有名分的遗产。没有

---

[1] René Char, *Fureur et mystère, Feuillets d'Hypnos*, feuillet 62, Gallimard, 1946, p. 190.
[2] 阿伦特,《论革命》,陈周旺译,译林出版社,2011年,页201。

名分，也就没有传统，进而没有留给未来的遗言……时间丧失连贯性，意识与传统断裂。福柯稍后坦坦然表达了将此种孤立的现在英雄化的意愿。

在阿伦特这里，二战前后的欧洲智识人停留在失落的哲学困惑中，现代学问失落了古希腊罗马以降公共政治生活的思想遗产，"转向政治寻求解决，试图从思想逃离到行动中"。根据柏拉图的古代政治哲学经验（哲学法则不适用于政治事务领域）和黑格尔的现代历史哲学经验（哲学体系不能"把握造就现代世界的历史时刻"），哲学转向政治面临双重困境。阿伦特如此表述以存在主义为例的现代智识人足足绕了两圈的心灵轨迹：

> 第一次从思想逃入到行动中，紧接着在行动或不如说已采取的行动迫使他返回思想之后，他又一次从思想进入行动。[1]

卡夫卡的寓言准确地描述了这一现代思想事件。

> 他有两个对手：第一个从身后，从源头驱迫他；第二个挡住前面的路。他和这两个敌人交战。准确地

---

[1] 阿伦特，《过去与未来之间》，页 6-7。

说，第一个对手支持他和第二个厮打，因为想把他往前推，第二个对手又支持他和第一个厮打，因为要把他往后赶。但只是理论如此。因为不仅两个敌人在那儿，他也在那儿，有谁真正知道他的意图？其实他的梦想是在出其不意的时刻——这就需要一个比以往任何黑夜更黑的夜晚——跳出战场，凭着他的战斗经验上升到裁判位置，旁观他的两个敌人彼此交战。[1]

人与世界和解以前的思想活动写照。两个对手大约可以代表哲学与政治，思与行，古与今，或如阿伦特所说的过去与未来，继承与怀疑。人的思想常态是无休止的交战挣扎。战场首先必须是个人内在精神场域，从来如此。但很快会转入更复杂也更难控的公共领域。表面看来，人与其过去未来的思想交战似乎发生在某一时间线上，换言之，这一思想活动全景由三类战斗模式（人与过去，人与未来，过去与未来）交错拉锯共同构成。只是，现实中的复杂程度很可能超乎想象。

卡夫卡的另一则故事《日常的混战》表明，我们有可能错过对手，或者明明遇见却无真正交集，或者

---

[1] 阿伦特，《过去与未来之间》，页5。

彼此会错意，在赶去解释的路上摔倒受伤。[1] 是的，我们很可能在思想的正式交锋以前早早受伤。每一条迎向对手的路上都有不可预计的自我消耗，错误判断带来自以为是的无效调整，引发适得其反的后果。更不必说意想不到的外力介入导致思想混战愈发惨烈……

归根到底，两个对手划出的战场很可能不只是如阿伦特所说的两点连成线，[2] 而是两条坐标交叉构成十字架。时间或许被习惯性地比作长河，但古今之争从来不是单一的线性运动。

如此一来，人类心灵轨迹不会止于"绕两圈"，很可能是周而复始，直到累死在战场上。1921年卡夫卡在致好友勃罗德的书信中做过类似比喻。日常生活中的我们岂非就像某个不情不愿去特洛亚参战的无名希腊人？还没搞清楚状况就上战场了，一不小心就战死了，尸体被拖在敌人的战车后，那是绝无机会被荷马吟唱的游行示众。

有时候我自比为某个无名的希腊人，他不想去特洛亚却去了特洛亚。他来不及环顾四周就在人声鼎沸中，连诸神都不知发生了什么，他已经被挂在特洛亚

---

1 阿伦特在《重估卡夫卡》中援引过卡夫卡的《日常的混战》，Hannah Arendt, *Franz Kafka: A Revaluation*, pp.78-79。.
2 阿伦特，《过去与未来之间》，页 8-9。

的一辆战车上，被拖着绕城走。荷马要在好长时间之后才开始歌唱，而他睁着一双琉璃的眼，躺在那里，不是躺在特洛亚尘土里，就是躺在睡椅软垫上。[1]

卡夫卡笔下的人梦想结束这样的日常混战，梦想退出战场。不做战士而做裁判，不做介入者而做旁观者。听上去很像荷马诗中高高坐在奥林波斯观战的诸神。在神话中，人类从战场走向诸神行列大约只有一个例外，就是悲剧英雄赫拉克勒斯，据说他在度过混战的一生后迎娶天庭公主赫柏，但这个说法即便在神话诗人那里也是成问题的。

卡夫卡所说的梦想在现实中几近不可行，而又留存一线微渺的机会。那个"比任何黑夜更黑的夜"让人想到柏拉图的洞穴意象或者说，被柏拉图有意反转了的荷马诗中的冥府。因为恰恰是荷马粉碎了赫拉克勒斯上升到诸神行列的美丽传说，让奥德修斯下冥府看见这位英雄的伤心魂影，他"双眼噙泪"，一副战士模样，打消了奥德修斯退出战场的幻想。

亡故者的阴魂在他周围放声嚎叫，
犹如惊飞的鸟群，他形象阴森如黑夜……

---

[1] 1921年4月中旬致马克斯·勃罗德的信，收入《卡夫卡全集》，第七卷，第330封信，页393-394。

可畏地四处张望,似等待随时放矢。

(奥 11.605-606)[1]

诗人停笔之处,哲学还要再做一次推进。阿伦特假定,仅就理想状态而言,退出战场,必须找到与过去和未来保持等距的对角线,也就是符合继承与怀疑的黄金比例。这样一来,线性战场会出现独一无二的对角线,如果是十字交叉,战场就有两条。理论上只要保持在对角线上前后运动,就能维持诸种敌对力量的均衡。

加缪谈及理想作品(用他本人的表述即荒诞作品)同样采用对角线说法,也就是人类心灵在一与多、普遍与特殊之间的"几何学轨迹"(lieu géométrique):"荒诞作家的秘密在于懂得找到两者在最大限度的不成比例中的准确交集点。"[2]

这条几何学的理想路线,在加缪那里大约可以表述为悲剧的现代性复兴,也就是悲剧英雄赫拉克勒斯(或西绪福斯,或反抗者,诸如此类)在主动拒斥与神和解的希望之下的反抗和德性追求。作为政治哲

---

[1] 参看奥 11.616。赫西俄德,《神谱》,950-955。"正是见到赫拉克勒斯,才让人明白奥德修斯拒绝卡吕普索的那个决定。"(《弓与琴》,页 148)。
[2] 加缪,《卡夫卡作品中的希望与荒诞》,页 207。

学的基本命题,哲学与政治的不可调和引出真理与德性的对峙。[1] 善与真在至高层面相通,而在非理想的常态下,也就是我们所有人要从不同程度去面对的人间世,当爱智与爱善发生紧张关系时,加缪和阿伦特展示出不一样的路向。

阿伦特借用卡夫卡寓言,把这条神话诗人也发出疑问的理想路线称作"过去与未来的时间缝隙",或"思想在有死者的时空中踩踏出一条非时间小径",[2] 犹如海德格尔语境里的思在行进的林中路。阿伦特曾以佩涅洛佩的编织比喻海德格尔的思:奥德修斯的妻在白天织布,夜里拆开,如此循环往复,夜里拆开是为了白天重新开始编织。[3] 在编织与拆解之间,犹如在两个对手的进退之间,不停绕圈的人类心灵轨迹不但适用于阿伦特批评法国存在主义,也可以用来描绘某种哲学沉思常态。

此种人类精神场域的缝隙直接呼应海德格尔在《什么召唤思》中所说的"在极强的风行前的避风处"——

---

[1] 加缪论卡夫卡同样提到"与道德相悖的真理",《卡夫卡作品中的希望与荒诞》,页204。
[2] 阿伦特,《过去与未来之间》,页7-11。
[3] 阿伦特,《马丁·海德格尔80岁了》,陈春文译,收入《回答——马丁·海德格尔说话了》,奈斯克、克特琳编,江苏教育出版社,2005年。

在直到死之前的生命时间中，苏格拉底所做的无非是把自己摆进这种思的运行的风行。这就是为什么他是西方最纯粹的思者。所以他什么都没写。因为，一旦出离这种思开始书写，他就不得不注定如同那些在极强的风行面前逃入避风处的人们一样。苏格拉底之后的所有西方思者，无论多么伟大都不得不是避风者，这依然是一个尚且隐匿着的历史的秘密。[1]

在荷马诗中，思被称为"有翼飞翔的话语"。奥德修斯回乡路上经过以航海著称的族群，他们的船只"迅疾犹如羽翼或思绪"（奥 7.36）。海德格尔声称苏格拉底是西方最纯粹的思者，只有他做到了毕生献身于如风般的思的运行，这意味着苏格拉底本人就是一股极强的风行，也许还是那股最强的风行，柏拉图以降的思者一有所知觉，就会发现自己处在这股强风的风口，不得不寻求修辞术的避风处，或基尔克果所说的"佯谬的神圣性"，[2] 或卡夫卡寓言中的灵魂暗夜。

---

[1] 译文引自刘小枫，《海德格尔与中国》，华东师范大学出版社，2017年，页 253-254。

[2] "苏格拉底的佯谬充斥着神圣的无限性，致使一切分崩离析。像参孙一样，苏格拉底抱住支撑认知的柱子，房屋倾塌，一切坠入无知的虚无中。每个人都不得不承认，这是典型苏格拉底式的，而永远不会是柏拉图式的。"克尔凯郭尔，《论反讽的概念：以苏格拉底为主线》，页 64。

施特劳斯特别留意到，海德格尔说苏格拉底是最纯粹而不是最伟大的思者。尼采也许没有系统分析过任何一篇柏拉图对话以印证他所理解的苏格拉底问题，海德格尔更是仅此一次谈到苏格拉底。"经过海德格尔对尼采的彻底转化，苏格拉底几乎完全消失。"[1]

还记得《善恶的彼岸》中的"尼采最美的段落"吗？[2] 在第295词条中，尼采绝口不提苏格拉底，但在字里行间深情而苦恼地想及苏格拉底。[3]

巴洛克与拾垃圾者

当那股最强的风行不再被认准为苏格拉底，而被叫作进步，一种极具代表性的后现代的思如何在过去与未来之间行进？

本雅明在《历史哲学论纲》第九条借一幅画描绘此种现代思想事件的戏剧性场景，为卡夫卡的寓言叙事再下一个注脚。

保罗·克利的《新天使》画的是一个天使看似要从他入神注视的事物旁离去。他凝视前方，他的嘴微

---

1 施特劳斯，《苏格拉底问题》，前揭，页454-455。
2 施特劳斯，《苏格拉底问题》，前揭，页453。
3 尼采用"心灵天才""不无危险的奇人"等说法影射苏格拉底。尼采，《善恶的彼岸》，页276-278。

张,他的翅膀展开了。人们就是这样描绘历史天使的。他的脸朝着过去。在我们认为是一连串事件的地方,他看到的是一场单一的灾难。这场灾难堆积尸骸,抛弃在他面前。天使想停下来唤醒死者,把破碎的世界修补完整。可是从天堂吹来了一阵风暴,猛烈吹击天使的翅膀,以至于他再也无法把它们收拢。这风暴无可抗拒地把天使刮向他背对着的未来,而他面前的残垣断壁却越堆越高直逼天际。这场风暴就是我们所称的进步。[1]

保罗·克利的画作兼具悲剧与喜剧的表现张力。画中天使有错愕的表情和微张的嘴,让人几乎要说,那张脸一半在哭一半在笑。

本雅明想象,天使把关注的眼光投向过去,转身不看未来。在他眼前是历史灾难所造成的废墟,从希腊人摧毁的特洛亚城池,直到1940年9月26日本雅明自杀当夜关闭的法国与西班牙边境。灾难和废墟从脚下一直堆到天顶。如有可能,他也想量力做些现场补救,让僵死的复活,把破碎的重新拼接好,诸如此类。

---

[1] 本雅明,《历史哲学论纲》,收入《启迪》,张旭东等译,生活·读书·新知三联书店,2016年,页270。阿伦特在《重估卡夫卡》中援引了《历史哲学论纲》第九条全文,Hannah Arendt, *Franz Kafka: A Revaluation*, pp.74-75。

可是来不及了。他停不下来，一阵风正不由分说把他往后刮。在极强的风行前，他张目结舌，翅膀被动张开。他不得不渐渐远去，以退场的古怪姿态向未来行进。

为了理解这一带有巴洛克画风的戏剧灾难场景，有必要参照本雅明在做博士论文期间就开始关注的隐喻哲学问题。《德意志巴洛克戏剧的起源》一书的研究对象相当冷僻，十七世纪以降的德语巴洛克戏剧（trauerspiel）长期为德语诗学美学传统所忽略，无论浪漫派对古典悲剧的尝试性回归（和伴随而来的破坏），还是尼采的《悲剧的诞生》，均未将巴洛克戏剧纳入思考范畴，这是事出有因的，因为伴随天主教反宗教改革应运而生的巴洛克精神从未在德语诗歌传统中真正存活过。本雅明的选题立意与新天使的戏剧性场景描述如出一辙。处在现代性危机里的人直面过去，满眼尽是历史的灰飞烟灭，任何尝试对传统断裂做出补救的动作都被预先判定为失败或无效。

阿伦特指出，针对断裂传统的不可修复性，本雅明的反应与海德格尔不谋而合，用过去的"可引用性"取代过去的"可传承性"，由此形成"一种以碎片的方式居住于当下"的历史哲学路向。[1]

---

[1] 阿伦特，《黑暗时代的人们》，王凌云译，江苏教育出版社，2006年，页181。

巴洛克（barroco）本意是天生不规则的珍珠，用来形容脱离常规的力量，进而是出其不意的美的光照。本雅明以此象征德意志精神传统中未经传承也不可传承的部分。传统在这里被比作常年浸泡在深水里的一具尸体，与其费力打捞起千疮百孔的老旧体系，倒不如切割下偶然长在上头的讨人喜爱的珍珠和珊瑚。[1] 这个借用自莎士比亚《暴风雨》的譬喻呼应夏尔的诗句："我们的继承没有任何遗言在先。"

不再是致力于从整全的视角把握维护文明经典传统，而是通过收集引文或者说"捡拾垃圾"（参看本雅明对波德莱尔诗中的"拾垃圾者"的解读[2]），把历史中通常被忽略遗忘的细碎之物提炼成纯金。

据说本雅明的理想是写一本完全由引文构成的书，为此他整理出一份含六百多条引文的系统汇编，活像一幅煞费苦心的超现实主义拼贴画杰作，或阿比·瓦尔堡在1929年去世前开始建构的《记忆图谱》。同样是未完成计划，瓦尔堡的个人影像库以记忆女神摩涅谟绪涅命名，从过往时光里抓取成千上万帧图像，抹掉原有图像意义，重新洗牌，按不同主题编

---

[1] 阿伦特借用莎士比亚《暴风雨》中的意象，把本雅明收藏引文的方式比作"潜水采珠人"，《黑暗时代的人们》，页181，页184。
[2] 本雅明，《巴黎，十九世纪的首都》，刘北成译，上海人民出版社，2006年，页69-71。

排。1925年本雅明的论文没能通过法兰克福大学教师资格审核，不过这样一种书写方式，一种被彼时主流思想评定为"让人无从理解的表达方式"[1]，终在他离世后的世界蔚然成风。

本雅明的引文汇编少不了尼采。在古希腊悲剧问题上，本雅明从尼采的基本观点出发，而跳过尼采对柏拉图的颠倒转换等充满修辞性的操作努力。同是区分苏格拉底前后的希腊戏剧，尼采追溯悲剧的诞生，本雅明旨在宣布悲剧在历史中的死亡："现代舞台没有上演过任何与希腊悲剧类似的戏剧。"[2] 为此他反驳德语戏剧与古希腊悲剧的传承关系，明确否认亚里士多德诗学理论的影响，把悲剧传统断裂的源头重新指向柏拉图笔下的那场戏剧对话：

《会饮》结尾处，苏格拉底、阿伽通和阿里斯托芬单独在一起。天亮时分，柏拉图不正是将其对话的审慎之光照射在三人头上，照射在他们关于既懂悲剧又懂喜剧的真正诗人的谈话上吗？在柏拉图对话中，纯粹戏剧语言产生于悲剧和喜剧的辩证术。此种纯粹的戏剧性复兴了古希腊戏剧中逐渐丧失神圣

---

[1] 本雅明，《德意志悲苦剧的起源》，李双志、苏伟译，北京师范大学出版社，2013年，引言，页2。
[2] 同上，页134。

性的秘教。作为现代戏剧语言的秘教语言首先是戏剧的语言。[1]

柏拉图发现，雅典悲剧诗人不再如赫拉克利特评论荷马和赫西俄德等早期神话诗人那样是"众人的教师"，[2] 为此他创造了一种兼具悲剧性和喜剧性的对话书写，用哲人苏格拉底的生平取代古希腊英雄神话，用助产士式的佯谬笔法替换法庭论辩（ἀγών，或"竞赛"，也包括酒神节上的悲喜剧竞赛）式对白。

本雅明引用并推进基尔克果的佯谬结论：有别于悲剧英雄，苏格拉底之死代表哲学对城邦的一次佯谬。[3] 在本雅明看来，《申辩》中向城邦公众无效呐喊的苏格拉底或许还带一丝悲剧英雄意味，但《斐多》中的苏格拉底含笑赴死，整篇对话呈现出的"毕达哥拉斯风格"与传统悲剧划清界限，标志着"受难剧作为悲剧的戏仿诞生了"，"英雄之死转为殉道者之死"。[4]

---

[1] 本雅明，《德意志悲苦剧的起源》，页 158。引文有改动。参 Walter Benjamin, *Origine du drame baroque allemand*, trad.Sibylle Muller, Paris : Flammarion,1985, p.160。
[2] 赫拉克利特残篇 104："他们听信民众的吟游诗人，围住这教师。"
[3] 克尔凯郭尔，《论反讽的概念：以苏格拉底为主线》，页 73，页 249。
[4] 本雅明，《德意志悲苦剧的起源》，页 151-152。

从柏拉图笔下的苏格拉底戏剧，到中世纪宗教受难剧，再到德语巴洛克戏剧，隐然连成一条西方戏剧发展脉络。与此同时，传统哲学中的苏格拉底问题被瓦解，化作散落在时光中的一粒粒巴洛克诗歌珍珠，因为本雅明的思考重点不是古与今的贯通，而是从传统断裂和权威丧失无从修复的论断前提出发，在失落文明的废墟上预留美的碎片。[1]

从苏格拉底到尼采，某种哲学传统的"可传递性"依然清晰可见，哪怕是颠倒叛逆的表达方式。尼采之后的苏格拉底问题几乎看不见了。

比起尼采力图通达快乐的科学（作为对苏格拉底的一次反转式的戏仿），本雅明更在意基尔克果式的忧郁的灵知。丢勒的巴洛克铜版画作《忧郁》（Melancholia）中有琳琅满目的炼金术意象，从神秘的沙漏到一枚钉子，从魔术幻方到希波克拉底的黑胆汁……本雅明让人印象深刻地一概抛开，甚至在谈及画中天使以前，首先注意到那条打盹的狗，那"永在梦幻中的忧郁者"。[2]

忧郁者如伊塔卡王宫中有罕见眼力的阿尔戈斯，

---

[1] 这也是全书结尾所要传达的作者意图：巴洛克戏剧"一开始就是作为废墟，作为碎片来构想的。其他形式如在创世之日一样光彩熠熠，这一形式则持守住最后一日的美之图像"。《德意志悲苦剧的起源》，页 324。

[2] 本雅明，《德意志悲苦剧的起源》，页 206-207。

躺在秽土里，遍身是虱子（参奥 17.290-327）。忧郁者如卡夫卡笔下的K，在死前自称"真像一条狗"——小说紧接着补一句："这样的耻辱要留在人间。"[1] 卡夫卡写过不少狗的故事，按照本雅明的解读是"从一种忧郁转向另一种忧郁"[2]；做一条狗"在卡夫卡看来或许意味着由于羞耻而放弃人的外观和智慧"。[3]

阿伦特指出，本雅明对卡夫卡的精彩评论同样适用于他本人。比如他说，读懂卡夫卡的关键在于认识到"卡夫卡是失败者"，"一旦确信自己永远失败，发生在他身上的一切永像在梦幻中"。[4] 几乎和加缪同时，比起卡夫卡的诙谐，本雅明更敏锐地把握到卡夫卡的悲苦。

这样我们可以回到本雅明论新天使的戏剧性开场所引用的诗行：

> 我的双翅已振作欲飞，
> 我的心却徘徊不前……[5]

---

[1] 卡夫卡，《诉讼》，前揭，页183。
[2] 本雅明，《弗兰茨·卡夫卡》，收入《启迪》，页141-142。
[3] 本雅明，《论卡夫卡》，收入《启迪》，页154。
[4] 阿伦特，《黑暗时代的人们》，页159。
[5] 本雅明，《历史哲学论纲》，前揭，页269。

这是以退场姿态向未来进场的巴洛克天使的悲苦心声。这个在传统与进步之间迟疑被动难决断的历史天使,这个带翅膀却无力让思想如风般行进的忧郁天使,从本雅明论卡夫卡的小说经验中,我们得以理解一种以退为进的心灵轨迹。

在卡夫卡的寓言中,在一种哭与笑相辉映的笔法铺陈下,人的思想活动在进退之间摇摆,保留进步还是回归的问题性。苏格拉底被预留为活的问题,随时有可能化作一股强大的风行。本雅明或许比卡夫卡更恰如其分地展示了阿伦特所说的"别处没有同等强度并且是毫不含糊的现代性"。新天使在名曰进步的单向风暴前束手无策,正如本雅明早年引用波德莱尔的"闲逛者"(flâneur)在人群中束手无策。

因为他的志向无他,是在人群中做目光敏锐的旁观者,心思缜密的侦探,富有趣味的收藏者,在历史中做"富有活跃的思想力的孤独者,不停穿越巨大的人性荒漠的孤独者"。[1] 比起与文明相连的伟大使命,他天性倾向于忧郁天使的书斋和神秘幽暗的炼金术。他有心激活欧洲智识传统中某种非政治性的文人(homme de lettres)身份。只是,在十九世纪巴黎这个发达资本主义时代的首都,波德莱尔式的文人在市

---

[1] 波德莱尔,《现代生活的画家》,页18。

场中的闲逛经验充满失败感:他在商品迷宫中闲逛,就像在城市迷宫中闲逛。

闲逛者是被遗弃在人群中的人,这一点他与商品处境相同。[1]

半个多世纪以后,本雅明在新时代的灾难中的闲逛经验同样如此。波德莱尔的现代性审美结语放在这个"巴黎的孩子"身上总是有效的:

他到处寻找现实生活的短暂的瞬间的美,寻找读者允许我们称之为现代性的特点。他常常是古怪的、狂暴的、过分的,但他总是充满诗意的,他知道如何把生命之酒的苦涩或醉人的滋味凝聚在他的作品中。[2]

他喜爱法语诗人季洛杜。有别于同时代人诸如加缪的荒诞、阿尔托的残酷或萨特的恶心,季洛杜的文学世界处处只见美的碎片,拒斥丑陋,坚持以"美的爆发"讲述一切残酷的属人真相。

有必要从诗与哲学之争的古老传统出发理解本

---

[1] 本雅明,《巴黎,十九世纪的首都》,页117-118。
[2] 波德莱尔,《现代生活的画家》,前揭,页62。

雅明的精神身份。他本人一度自我界定为文学评论家。而阿伦特说："他在诗意地思考，但他既不是诗人也不是思想家。"[1]

笑与佯谬

作为德语巴洛克戏剧的对应，本雅明早年有意研究法国古典主义喜剧。这个未实现的构想引带出颇有见地的提示，也就是悲剧精神在近代法语文学的光合作用里不仅有拉辛的眼泪，还要有莫里哀的笑声。

无独有偶，加缪毕生探寻一种现代性悲剧语言，但在最后一部小说《堕落》中，他偏偏处理笑的问题。

这部小说在加缪作品中堪称异数，让人讶异之余忍不住揣测，这是不是加缪在书写的尽头必然抵达的风景？

全书分六部分，没有章节标号，无头无尾，恰如迷宫中没有出路。一个巴黎人在阿姆斯特丹城里闲逛，对素昧平生并且始终沉默的另一个巴黎人说话（也许只是对幻觉中的自己说话），好比某种新版的忏悔录，或强迫症的喃喃自语。

在独白中，阿姆斯特丹是流放地，是"石头、浓雾和死水形成的荒漠"，没完没了的同心运河就像地

---

[1] 阿伦特，《黑暗时代的人们》，页145。

狱迷宫，把人困在里头绕不出来：

> 地狱想必就是这样，大街小巷全是招牌并且不容分说。一旦入册万劫不复……我知道我的招牌是什么样的：一张双面脸，一个招人喜欢的雅努斯神。上头刻着座右铭："别相信我。"名片上要标明：让-巴蒂斯特·克莱芒斯（Jean-Baptiste Clamence），喜剧演员。[1]

小说主人公和施洗约翰（Jean le Baptiste）同名，Clamance 与拉丁语 clamans 同根，意思是"呐喊"，呼应旧约先知以赛亚对施洗约翰的预言："在旷野，有人声喊……"[2]

加缪笔下的施洗约翰以喜剧演员的表达方式"宣讲悔改的洗礼"，至于"使罪得赎"[3]与否，终究是个悬念。他早年是身份显赫的律师，自信是正义使者，在生活中扮演超级英雄。直到某天夜里，巴黎的桥上有人跳水，而他只是往前走什么也没做。"音乐戛然而止，灯光骤然熄灭"，就像舞台换了布景，他从明

---

[1] Albert Camus, *La Chute,* Paris, Gallimard, 1956, p.52. 参看加缪，《堕落》，丁世中译，收入《加缪全集·小说卷》，页 289-352。
[2] 《以赛亚书》40:3。同见《马太福音》3:3 等。
[3] 《路加福音》3:3 等。

亮的伊甸园跌入地狱。

那以后的另一天夜里，他在另一座桥上听见陌生人的笑。寻常不过的笑声，"毫无神秘之处"，却是指控和嘲弄他的"持久笑声"，[1] 从巴黎到阿姆斯特丹一路纠缠他的可怕笑声。

就像在神话中，报仇神一路追赶弑母发疯的希腊王子，把他逼到雅典卫城的战神山法庭。只是不会有阿波罗前来为他辩护了。[2]

《堕落》一反加缪以往的书写风格，表现出某种喜剧的反转。加缪把小说主人公定义为喜剧演员，作为"永远也不应该游戏"的反派示范，此君无时不在游戏中，事发前煞有介事做好人，事发后自甘堕落做坏人。就连他的长篇忏悔也极可能是一种文字游戏。他自比双面的雅努斯神，在小说末章以满带苦涩的嘲弄口吻说起言辞的欺骗性：

> 我只有一半是开玩笑。我知道您在想什么：我说的话真假难辨。我承认您是对的。……说到底有什么关系呢？谎言不是终要通向真实吗？我的故事不论真假不是归向同样的结局和意义吗？既然如此，真假不重要，只要这些故事足以说明我的过去和现在。有时

---

[1] Albert Camus, *La Chute*, p.89.
[2] 参看埃斯库罗斯，《报仇神》，第四场，行 566 起。

谎言比真话更有助于看清。真实像一道光使人眼花。谎言倒像美丽的黄昏映衬着每样东西。[1]

现代版本的施洗约翰承认他的长篇大论亦真亦假，但玩笑只占一半。喜剧演员在戏谑和荒诞背后藏有严肃的真话。果然，他变戏法般的，从柜子里变出一幅凡艾克的真迹。

根特大教堂的祭坛画《朝拜神秘羔羊》（Adoration de l'agneau mystique）美不胜收，由十二幅画组成正面的宏伟奇观，其中右下方的《正直法官》（Les juges intègres）表现法官骑马去朝拜神的羔羊（Agnus Dei），或被献祭的耶稣。这幅画于1934年被盗，迄今由仿作替代，2015年仍有真迹下落的调查新闻频频曝光。加缪笔下的主人公因而至少有窝藏赃物的罪名，而他自认为有充分理由这么做。这个取材自真实事件的小说情节活像饶有趣味的玩笑，引带出不那么好笑的另一半真话。

小说通篇表现出对新约传统的刻意反转。施洗约翰不再向世人预告耶稣的到来——"有一位能力比我更大的要来"，[2] 而是宣称人世如地狱，不再有清白无辜的羔羊，正直法官就算出发也不会蒙获圣灵降临的

1　Albert Camus, *La Chute,* pp.127-128.
2　《路加福音》3:16 等。

恩典。既如此，何必把这幅画（"正直法官"呼应主人公在阿姆斯特丹担任的感化法官）交付给世人呢？"正义与清白彻底分离，一个钉在十字架上，一个藏入柜中。"[1] 小说结尾处，从天而降的雪花遮掩不了隔日的满地泥泞。

加缪小说以反讽口吻讲出严肃悲伤的道理，这让我想到《会饮》中的阿里斯托芬。在柏拉图笔下，阿里斯托芬打嗝之后讲了一个双性人神话，[2] 迄今叫人念念不忘。诸神把原初的双性人一分两半，致使世人活在世间总有不完整的生命感觉，寻寻觅觅，无非是想要找到命中注定的另一半。

喜剧诗人的他者神话无疑是喜剧性的，可我们情愿把它读成一出美丽心酸的悲剧。施特劳斯为此提供了一种残酷的解读。宙斯把双性人切作两半，阿波罗负责收拾伤口，切割面自然是鲜血淋漓的，问题是哪里有多余的皮肤去敷补、缝合伤口？阿波罗是不是每次剥除半个人的皮肤再扔掉他，任凭他没有皮肤慢慢死去？

果真如此，阿里斯托芬的可怕笑话是在告诉我们，另一半从一开始就不存在，为了存活下来的一半早早被牺牲掉了。换言之，世人本无可能在世间找到

---

[1] Albert Camus, *La Chute,* pp.138.
[2] 柏拉图，《会饮》，189e-191d。

另一半，或许在自己身上倒还可能察觉另一半的些微皮相。阿里斯托芬的玩笑旨在强调爱的感觉的悲剧性："真正有爱欲的人无法说出自己欲望的东西，因为这种欲望本身自相矛盾。"[1]

阿里斯托芬的爱欲神话只是《会饮》中的众多说法之一。有别于加缪的小说只有一个声音，并且说话对象始终模糊不清，柏拉图对话有不止一种声音，并且始终区分针对不同人的言辞。不是纠结于说真话还是说神秘的谎言，而是透过真实的纷繁样貌，集中注意力辨识何谓真本身。加缪本人如此理解相关的古今之别："柏拉图对话什么都有，有荒谬、理性和神话，我们今天的哲学家除了荒谬或理性之外一无所有。"[2]

在柏拉图笔下，阿里斯托芬的笑声充满歧义。哲人泰勒斯只顾抬头看天，不小心掉进井里，被路过的村姑笑话。柏拉图在《泰阿泰德》[3]中提到这个传说，似是回应阿里斯托芬在《云》中对苏格拉底的嘲笑。有关村姑的笑，施特劳斯说，哲人在常人眼里本来就有些古怪可笑嘛！阿伦特却说，正因为哲人被笑，柏拉图以降的思想家"对笑说尽坏话，意

---

[1] 施特劳斯，《论柏拉图的会饮》，邱立波译，华夏出版社，2012年，页175，页186。

[2] Albert Camus, "L'Exil d'Hélène", 前揭, pp.136-137, p.140。参看加缪，《流放海伦》，王殿忠译，收入《加缪全集·散文卷Ⅱ》，页253-257。

[3] 柏拉图，《泰阿泰德》，173d-176。

图把笑扼杀在摇篮中"。[1] 村姑的笑故而似与阿里斯托芬的笑一样充满叛逆和自由张力,正如阿伦特解读卡夫卡的玩笑:"让人通过超越自身失败的泰然去证明自己的根本自由。"[2]

艾柯的小说《玫瑰之名》延续同样主题。正因为笑的危害,小说中的老僧千方百计阻止世人阅读亚里士多德论喜剧的文字,也就是已佚失的《诗学》第二卷,不惜在书上涂毒杀人,最后一页页撕下吞进肚里。

在福音书中,耶稣没有笑过,但哭过两次。一次为将倾的耶路撒冷哭,一次为死去的拉撒路哭。[3] 这个比较也许不恰当。因为苏格拉底从未哭过,并且在赴死前不止一次笑了。[4] 在《斐多》以外的柏拉图笔下,苏格拉底从来不笑。《理想国》[5] 禁止城邦卫士笑,因为笑是不节制的,容易导致世人在严肃的事情上混淆犯错。苏格拉底在雅典法庭上自我申辩,连续三次指责写诉状的年轻人"把正事当成玩笑"[6] 并

---

1 阿伦特,《马丁·海德格尔80岁了》,前揭。
2 Hannah Arendt, *Franz Kafka: A Revaluation*, p.69, p.78.
3 《马太福音》23:37-39,《路加福音》13:34-35 等;《约翰福音》11:35。
4 柏拉图,《斐多》,84d;85d,102d,115c。
5 柏拉图,《理想国》,388e。
6 柏拉图,《申辩》,24c5,27a2,27d5,引文采用《苏格拉底的申辩》,吴飞译疏,华夏出版社,2007年,页90。

落下笑柄。

有意思的是,《会饮》中有个医生自封为酒席间的卫士,恰恰声称要管住爱搞笑的阿里斯托芬。柏拉图让他笔下的阿里斯托芬以朗朗笑声作答:玩笑本是喜剧诗人的缪斯,未必无益于人世的洞察,关键在于不要让自己沦为笑柄。[1] 双性人的爱欲神话表明,阿里斯托芬不但懂喜剧,也透彻理解悲剧。

在柏拉图笔下,不但阿里斯托芬笑了,狄俄提玛也笑了!这个只在苏格拉底言辞中出现的异乡女人,或许就是哲人心中与眼中的吐火女妖。我们还记得荷马在类似场合的劝告:不要把知道的一切全部说出来。只说一半,隐瞒另一半。

狄俄提玛之所以笑,是因为苏格拉底在认识爱的路上犯错。她笑着指点他,爱若斯"介乎两者之间",是"有死和不死之间的大精灵"。[2]《会饮》中的苏格拉底光顾引用狄俄提玛的话,显得没有说尽他本人关乎爱欲话题的想法,作为某种呼应,有话要说的阿里斯托芬被喝醉闯关的阿尔喀比亚德打断了。

狄俄提玛的笑仿佛是苏格拉底有意模仿阿里斯托芬的笑。问题可能不在于柏拉图是不是扼杀笑,而在

---

[1] 柏拉图,《会饮》,189b。
[2] 柏拉图,《会饮》,202b-d。

于两种笑的分别，或两种修辞：irony - εἰρωνεία。[1]

同一个字眼，在阿里斯托芬那里是贯通古今的"反讽"，对荒诞本质的揭露和嘲弄（包括自我嘲弄，且首先是自我嘲弄），最有代表性的莫过于一种反讽性的渎神行为，揭露诸神或命运对人的嘲弄，并对这嘲弄做出力所能及的挑衅和反抗。

以阿里斯托芬讲述的双性人神话为例。故事的一半是被分离的半个人在尘世迷茫困顿，另一半是诸神造成这一切之后乐不可支的模样。

同一个字眼，在苏格拉底那里是谜一般的"佯谬"。作为对上述渎神行为的翻转，苏格拉底彻底修改了对话规则。佯谬，或在对话中自称无知，提问讨教，直到对方不得不承认一开始错了。苏格拉底声称这是他唯一"能够跟得上的讨论方式"。[2] 依照一种耐人寻味的说法，佯谬的关键是不动声色，在本质为竞赛的对话中，让对方感觉不到自己在佯谬——

让正在被佯谬对待的那个人发觉了的佯谬就是张狂。……佯谬是个很有意思的现象，因为其最初灵

---

[1] 基尔克果以苏格拉底的佯谬和黑格尔的反讽为例，尝试性地区分此种古今之别。参看克尔凯郭尔，《论反讽的概念：以苏格拉底为主线》，页244。
[2] 柏拉图，《普罗塔戈拉》，335b；另参《会饮》，199c等。苏格拉底不止一次要求对话人服从他的讨论法则。

感不消说是人性。表现自身的优越性同时不伤害别人——从佯谬这个词的较高意义上说,这是佯谬最首要的含义。[1]

在柏拉图笔下,苏格拉底的佯谬并非总是成功的——佯谬针对天真的斐德若效果极佳,"表现自身的优越性同时不伤害别人",针对普罗塔戈拉或阿里斯托芬这样的厉害对手就很难说了。

《会饮》和《普罗塔戈拉》有一样的悲喜剧场景,苏格拉底不是面对一个对手,而是像奥德修斯那样在暗夜走进智术师的敌营。[2]《会饮》和《普罗塔戈拉》不同的是,苏格拉底把自己藏在狄俄提玛的笑里。就像从荷马到卡夫卡的文学传统中的奥德修斯,一派天真的,或狡猾多谋的,苏格拉底举起了神话女人的言辞盾牌。

苏格拉底在申辩时说,那个从小陪伴他的精灵会发声阻止他,但从不鼓励他。[3] 问题是,既然爱若斯是精灵,那么爱欲如何做到只阻止而不鼓励苏格拉底呢?比如爱智这一哲人天性。精灵的声音阻止什么,

---

[1] 施特劳斯,《论柏拉图的会饮》,页 238。引文略作改动。
[2] 柏拉图,《会饮》,174c;《普罗塔戈拉》,348,两处均援引《伊利亚特》中奥德修斯夜探敌营的说法(卷十,行 221-225)。
[3] 柏拉图,《申辩》,31d。

精灵的沉默不鼓励什么？在雅典人面前，苏格拉底只说出精灵的一半秘密，也就是精灵的声音阻止他从政，这是在雅典法庭以公民身份谈政治。那么，另一半秘密呢？精灵的沉默是否指向苏格拉底的哲人身份？

《斐德若》无疑是那样一种哲学时刻。苏格拉底才走出雅典城邦，就明白无误地抛弃了神话里的吐火女妖、双翼飞鸟、人面马或百头怪，抛弃了外邦女人狄俄提玛，坐到城外河畔大树下，把蝉鸣比作塞壬。[1] 就像奥德修斯，一派天真的，或狡猾多谋的，苏格拉底狠狠嘲弄了一番塞壬女妖的试探。

在柏拉图对话中，苏格拉底的佯谬并不总是成功，这意味着苏格拉底也有张狂的时候。[2] 很难说这对哲学意味着什么，但对文学无疑是幸事。倘若如海德格尔所言，开始书写意味着对思的出离，那么，苏格拉底述而不作便成就了一种无法超越的柏拉图文学。此种文学传统的前提恰恰在于，柏拉图深谙他的修辞术乃至书写本身是有局限性的。

《斐德若》篇末谈及文字的起源，柏拉图让人动容地怀念苏格拉底。这位爱智者努力编织真实的言辞

---

[1] 柏拉图，《斐德若》，259a。
[2] 柏拉图对话中既表现苏格拉底的节制，也表现苏格拉底的肆心。"《会饮》整篇对话服务于呈现苏格拉底的肆心这个目的。"施特劳斯，《论柏拉图的会饮》，页368。

为老师辩护，与此同时不忘强调，苏格拉底的言说足以"显示他自己所写的东西在事实上微不足道"。[1]

有别于卡夫卡小说持续拥有的含糊性，《堕落》中的笑声与阿里斯托芬相连。或许因为这样，加缪主张一种发端于地中海文明的南方精神（la pensée de midi），只强调苏格拉底的一半，而没有顾及苏格拉底更隐秘的另一半。《海伦的流放》赞美古希腊人的节制和正义（而没有提及血气和张狂），赞美苏格拉底在死亡面前坚持无知之知（而没有提及佯缪），进而批评现代欧洲人："我们是希腊人的不肖子孙"；"忘却这些就会忘却我们的男子气"。[2]

不知为什么，强调男子气的加缪让我一再想到《会饮》中的阿伽通。在柏拉图笔下，苏格拉底故意用"男子气"形容这位悲剧诗人带领演员上场比赛的风范，随后作为某种无声的竞赛，苏格拉底在他人的言说中展现了别一种男子气。[3]

依照柏拉图对话极为讲究的排序，阿伽通在阿里斯托芬之后发言，这暗示着阿伽通对爱的理解有比阿里斯托芬高明之处。然而在阿里斯托芬和苏格拉底的强光夹击下，美男子阿伽通顶多散发出阴柔的月光。

---

[1] 柏拉图，《斐德若》，278c-d，引文采用《柏拉图四书》，页 401。
[2] Albert Camus, "L'Exil d'Hélène", 前揭，pp.136-137, p.140。
[3] 柏拉图，《会饮》，194b，193c；219b。

施特劳斯明显偏向阿里斯托芬。[1] 薇依却说，阿伽通的爱颂"也许是柏拉图最美的段落"，甚至是"希腊思想最纯粹灿烂之处"。[2] 这位悲剧诗人不懂喜剧，没有高深的修辞术，但他谈到对善的爱，指向"人心深处对绝对的善的需求"。[3]

有关阿伽通的说法真叫人惊喜连连啊，不同眼光最终抵达的同一种洞见，或许才是真正意义地攸关"任何人和每个人，甚至或许就是你和我"——

对善的爱不同于对属己之物的爱和对美的爱，对善的爱是一种最低的、最不起眼的爱欲形式。这是典型的柏拉图式概念，那初看起来毫不起眼的东西，某种意义上更直接地反映了最高的东西。[4]

爱的疯狂越是在低微处，越有机会通过感染而出现高贵处的疯狂。

永是那无限微末之处，也就是比万物无限多之处。[5]

---

1 施特劳斯，《论柏拉图的会饮》，页193-206。涉及阿伽通的章节有一半内容在讲解阿里斯托芬。但施特劳斯同样提到，阿伽通的讲辞高过阿里斯托芬（页204）。
2 薇依，《柏拉图对话中的神》，吴雅凌译，华夏出版社，2012年，页221。
3 薇依，《伦敦文稿》，吴雅凌译，华夏出版社，2020年，页62。
4 施特劳斯，《论柏拉图的会饮》，页328。
5 薇依，《伦敦文稿》，页39，页129。

或许就是加缪笔下正义者的领悟:"爱是微微低下头。"[1] 作为一种现代伦理学说的升华,《反抗者》的结尾让人印象深刻地转向伊塔卡和奥德修斯的弓箭。"一场决定性的竞赛"(奥 22.5)近在眼前。弓张到最满,箭就要射出。作为思的风行比喻,只欠缺弓弦的调音,"有如燕鸣"(奥 21.411)。[2]

---

[1] ALbert Camus, *Les justes*, Paris, Gallimard,1950, p.84.
[2] 弓与琴的意象,参看伯纳德特,《弓与琴》,中译本前言,页 1-3。

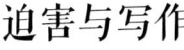
迫害与写作

迫害与写作

1762年,卢梭的《爱弥儿》在巴黎被禁。

启蒙时代,作家被禁堪称家常便饭。孟德斯鸠写《论法的精神》,狄德罗和达朗贝尔编《百科全书》,爱尔维修写《精神论》,谁也没能避开被查禁的命运。更不用说伏尔泰,他的大部分作品都被禁了。彼时在法兰西境内出版发行图书,必须有国王的正式批文。好些作者只能匿名出版。为此坐牢的人不在少数,狄德罗和伏尔泰不说,更有赫赫有名的萨德侯爵。

卢梭因为逃得及时,只是被烧了书。平心而论,遭遇不算最坏。但他心里的"阴影"似乎比谁都深。他在禁书之后的写作总带有被迫害的笔调。随着《忏悔录》的问世,也许还要算上《对话:让-雅克审判卢梭》和《孤独漫步者的遐思》,一个神话俨然成形。在迫害中舍身为真理的写作者卢梭成功地在后世读者心中烙了印。

这个神话由卢梭本人一手成就,而《致博蒙书》正是缔造神话的开端。

卢梭写成并出版这封几千言的长信,历时半年。

1762年8月20日，巴黎大主教博蒙就禁书写了《主教训喻》，一周后正式发表。9月26日，卢梭在莫蒂埃收到样本。十月初开始回信。[1] 次年1月1日，信被寄往阿姆斯特丹给书商曼·雷。同年三月，《致博蒙书》问世。即便按如今的学术出版流程看，这也是相当惊人的速度了。

1762年夏天，卢梭经历了"生命中最严峻的时刻"。[2] 6月8日半夜，他被从床上叫醒，得知巴黎法院即将逮捕他。第二天，他匆忙逃离蒙莫朗西，在路上与法院的马车擦肩而过。他还没走出法国边境，巴黎法院台阶前起了一把火，将《爱弥儿》当众烧了。在伯尔尼的伊弗东，他听说日内瓦待他并不比巴黎好。他的同胞们不只查禁《爱弥儿》，还有《社会契约论》，并且宣布他一回国即刻逮捕。这件事对他的震动，后来要花更长的时间才化解。[3] 他不及安顿，伯尔尼政府很快就下了驱逐令，欧洲各地亦纷纷响应。7月10日，他总算在纳沙泰尔的莫蒂埃觅得一处避难所。

---

[1] 1762年12月1日，卢梭在写给雷的信中说："两个月来，我关门写这封书信……"（*C.C.*, t.XIV, p.146）换言之，他从十月初开始写《致博蒙书》。9月26日，他收到《主教训喻》时，想必立即做出回信的决定。书信落款日期是11月18日。
[2]《以法莲的利未人》，"前言初稿"，收入卢梭，《道德与文学杂篇》，吴雅凌译，华夏出版社，2009年，页43-44。
[3] 参看《山中书信》创作始末。

夏天是残酷的季节。秋天也没有好过些。在流离颠沛中,他苦于偌大的欧洲没有容身之地,来不及想太多。等到渐渐安定下来,他开始反思自己的处境。他所遭遇的声讨和制裁同时来自天主教的巴黎和新教的日内瓦,来自宗教界和反宗教的启蒙哲学家圈子,来自政府和教会。多么古怪!这些原本相互敌对的势力前所未有地团结起来,只为了对付他,一个钟表匠的儿子!

迫害的念头一经产生便纠缠不去。在《致博蒙书》字里行间流露出的情感和说理,均以迫害为基调。

这封长信就像一出戏剧。主角是卢梭本人。他本色扮演了一个不幸受迫害的作家。他的出场自述相当有名,历来为评论家争相援引。他哀叹自己被诅咒的命运,自称本不是作家的料,却偏偏当了作家。他早年"在一种幸福的懵懂之中度日,丝毫没想过摆脱这种状态",直到第戎科学院发出那道"可悲"的征文题目改变了他的命运,令他不情愿地入了这个"天生不适合干的行当"(927)[1],从此是沉重代价。比较卢梭草稿中的说法,不难看到一丝有趣的差别:

---

[1] 文中的《致博蒙书》引文后括号内,统一标注法国全集本(Jean-Jacques Rousseau, *Œuvres Complètes*, Paris : Bibliothèque de la Pléiade, 1959—1964,下文简称"全集")的出处页码。

我在年轻时代保持沉默，我没有因为渴望声名而丧失本性。我若生来有几分才华，也不急于展现；我等到自己心智成熟，我的思考令我可以很好地运用才华。我在自认为找到运用方法时才开腔说话……[1]

最终定稿删去了这一段。显然，无奈入行的作家比冷静出手的作家更接近受迫害者的形象。怀疑卢梭的写作真诚是没有意义的。但我们不难分辨，在演员卢梭之外，还有导演卢梭，他们对迫害修辞的用意有所不同。

主角讲罢自己的遭遇，配角登场（933）。巴黎大主教博蒙是这出戏的二号人物。他是封杀卢梭的人，迫害的化身。卢梭通过援引《主教训谕》与他展开对话。整个对话内容不外是反驳对方和自我申辩。在开篇题词中，卢梭自比奥古斯丁，而把博蒙比作迦太基的论辩对手帕桑提乌斯（Pascentius）。后者和博蒙一样出身显赫，却是个阿里乌斯派信徒，据说论辩不守规矩，过后还自诩胜了奥古斯丁。把堂堂巴黎大主教比作异端分子，卢梭的语气很不客气。但这还只是隐喻。看看他一开场说了什么：

---

[1]《致博蒙书》草稿残篇 10，参全集，IV, 1019。

大人，为什么我有些话非得对您说呢？我们能有什么共同语言，我们如何能听懂彼此的话，您与我又有何干呢？

但我不得不回应您；您本人迫使我这么做。您若只抨击我的书，我会随您说去，但您还抨击我的人身；而且，您在人群中的威望越强大，我越不能在您试图破坏我名誉时姑息沉默。（927）

多么骄傲的口吻！卢梭不指望说服博蒙。因为这不可能。一个人自称基督徒，却公开否认原罪说（936起）、创世说（956起），质疑启示宗教和神迹（963起），反对教会权威（1000），在任何教会领袖的眼里，只能是亵渎宗教，只能是势不两立。[1] 演员卢梭尚在竭力申辩，导演卢梭早已心知肚明。

但对话要照常进行。卢梭首先重申他思想的"根本原理"（935起），也是他全部著述的出发点。人生来是善的，原罪并不存在。《论不平等》建立了某种人类的历史，在这里被简明归纳成人类的三种状态：自然状态的生活没有社会性，不存在善恶区分；随着家庭形成，人类相互发生关系，利益开始交叉，有了良知和道德，也就有了罪恶，但在初生的社会，利益

---

[1] 参看卡西勒，《卢梭问题》，王春华译，译林出版社，2009年，页65。

冲突少于交流认知，人还是好的；最后是文明社会的生成，利益冲突激化，道德败坏，良知沦丧，人们彼此欺骗，相互为敌。简言之，"人生而善好，人群却变坏了"（937）。卢梭声明，"我在书中致力于探寻怎么办才能阻止人类变成这个样子"（937）。按今天的话理解，卢梭的著述属于政治哲学范畴。但博蒙看来没有明白这一点。巴黎只查禁《爱弥儿》，据说《社会契约论》太艰深，在首都鲜为人知[1]。《主教训谕》只着重指出亵渎宗教和败坏青年教育这两项罪状——与雅典城邦对苏格拉底的审判何其相似，不是偶然。

[在败坏的文明社会中，]谁也不想要公共利益，除非它与个人利益相适应；真正的政治旨在让人民变得幸福和善好，就要以这种适应为目的。不过，我从这里开始使用一种陌生的语言，读者不懂，您也不懂。（937）

卢梭因此对博蒙使用了一种大多数人能听懂的语言。他的论战方法也挺老实，就是依次援引《主教训谕》的观点，一条条予以反驳。表面看来，这是一封

---

[1] 特鲁松，《卢梭传》，李平沤、何三雅译，商务印书馆，1998年，页295。

论宗教的书信。[1] 两个持不同宗教意见的人之间的论辩，或者说一个新教徒对天主教大主教的反驳——但多么耐人寻味，卢梭反驳身份显赫的大主教，引用的却是天主教会里职位再卑微不过的某个萨瓦候补本堂神父的信仰自白——法语 vicaire 源自拉丁文 vicarius，意思是"候补、代理"，位列在本堂神父（curé）之下。

这还是一封避谈政治的书信。"唯一没有谈到的一点与论政府有关，我很愿意手下留情。"（1002）整封书信只字不提政治。草稿中原有三大段文字（10，11，12）谈及政治话题，定稿时也被细心删除了。全书只有一处出现政治话题，却是作为假定，旨在阐释教育问题（941-942）。但单单一处隐微的暗示足以发人深思。

卢梭假定，有人来发警醒，世人费心寻求好政府以解决社会弊端，殊不知政府就是社会弊端的起源。这一段谈论什么才是最合乎道德的教育。这个假定似乎在暗示，教会试图解决青年教育的弊端，殊不知教育的弊端就在教会本身。在短短几行文字里，卢梭连写两次"但问题不在这里"（942），相当让人在意。问题不在教育，或问题不在宗教？问题不在卢梭与博蒙的貌似激烈的论战？还是问题不在迫害？归根到

---

[1] 参看法文版全集编者前言：全集，IV，CLXXVII。

底,问题又在哪里?

无论如何,久经沙场的卢梭深谙论战的修辞术。反驳博蒙显得是他驾轻就熟的事儿。他一边不住强调对主教的敬重,一边毫不客气地大加责难和挑衅。"您总是不加领会就查禁"(953);"您和其他许多人一样,根本没有明白我在书中这一段的意思,却任意加以抨击"(949);"我喜欢转述您自己的用语;这是我最恶毒的行为"(986);"在您的主教训谕中,我认为这是最漂亮的段落。再没有人能做到如此讨人欢喜的嘲讽,如此富有才智地诽谤一个人"(1004)。对话中除了机智有力的辩驳,不乏讽刺和逗趣的小噱头,必要时更有呐喊和哭泣等手段。不妨说,和柏拉图笔下的苏格拉底一样,卢梭既懂悲剧又懂喜剧。他不指望说服博蒙,他在意的是缔造一个受迫害的作家形象,一个敢于反抗强者求诉正义的弱者形象。书信结尾再明确不过地印证了这一用意:

> 您若是像我一样的小民,我若能在某个公正的法庭上检举您,我们若能一同出庭,我带着我的书,您带着您的主教训谕,那么,您肯定要被叛有罪,肯定要因为您对我的冒犯而作出补偿。然而,您的身份允许您无须做到公正,而我却一无所是。(1007)

这个苦心经营的受迫害者形象自然不是给博蒙看,那么是给谁看呢?

至此,我们还没提到歌队的存在。它是使这封书信成为一场真正意义的戏剧的根本因素。卢梭就像尼采说的把观众带上了舞台。庞大而混杂的歌队。里头有少量的朋友和大量的敌人,更有各色潜在的读者。鉴于卢梭不只为同时代的人写作,他在文中常常提到未来的读者,我们不妨斗胆想像自己站在歌队的最边缘,睁着一双愚钝的眼,竭力想看清舞台上的动静究竟是怎么一回事。

这是一出悲剧。它讲述一起不合常理的封杀事件。巴黎大主教封杀一个新教作家,巴黎议院封杀一名日内瓦公民。被封杀者既不是罗马天主教徒,又不是法兰西人。在这个城邦舞台上,人们当众焚毁一个外邦人的书,还下令逮捕他本人。歌队一上台就入了这个迫害现实的戏。

为什么《爱弥儿》特别惹麻烦?

卢梭一再强调自己作品的统一性(928)。自当作家以来,他一直在表达同一种观点。写在《爱弥儿》中的话,早就在从前的作品中说过了。爱弥儿的教育原理与"两论"一脉相承,萨瓦候补本堂神父的信仰自白早在《新爱洛伊丝》的朱丽临终前有过体现。《致博蒙书》字里行间反复强调,博蒙的用意绝非只是封杀一本书（935），迫害指向卢梭本人。

依据法国知识界的优良传统，这本该是智识人发挥重大作用的时机。类似例子不胜枚举，十八世纪的卡拉斯事件，十九世纪的德雷福斯事件，二十世纪的介入运动……然而，在卢梭扮演主角的这出戏里，智识人令人吃惊地沉默了，启蒙哲学家阵营没有伸手挽救昔日的伙伴。虽然有人传说，伏尔泰在费尔奈获悉卢梭的遭遇时，老泪纵横地喊过："请他到我这儿来！我会像对待亲生儿子那样对待他！"[1]

同族的冷漠令这起封杀事件带有现代性的荒诞色彩。歌队若能恢复昔日的歌唱能力，必要追述，在逃亡的路上，卢梭曾仿旧约圣经写过一篇散文诗《以法莲的利未人》。利未人本是以色列人中最受尊敬的一支，专事祭司。利未人在便雅悯人的城里遭遇匪徒，妻子被凌辱至死。1876年夏天和秋天，卢梭大约是真诚地感到了与利未人相似的悲惨处境。

传记作者[2]无不提到，卢梭在这一时期立过几次遗嘱。精神的剧痛加上身体顽疾令他自觉不久于人世。卢梭相信写作生涯将随《致博蒙书》而终结（929）。

---

[1] 古耶，《卢梭与伏尔泰：两面镜子里的肖像》，裴程译，华东师范大学出版社，2008年，页286-287。
[2] 《卢梭传》，前揭，页308等。

在搁笔以前他还有话说。他在开篇提起公众的轻信（928）绝不只是嘲讽，那是他真正的担忧所在："那些根本不思考什么有益什么有害的人，只用一句话就致使轻信的公众反感一位带有良好意图的作者。"（983）既然当世的读者会被误导，未来的读者也必有误读的隐患。有必要给未来的潜在读者留一份"阅读指南"，帮助他们理解真相：

但你们的叫嚷总要停止；我的作品却会流传后世……但愿未来的读者从书中学会比他们的父辈更公正！但愿他们从书中汲取德性替我报仇，摧毁你们的咒骂！（983）

《致博蒙书》是"将死者"卢梭的最后机会。他为此导演了这场迫害的戏，不是为了哭泣获得同情，而有深远的用意。迫害是一种提醒读者的手段。在聚集围观的歌队中，总会有聪明的读者明白如下道理，并教导其他渴望变得聪明的读者：

迫害产生出一种独特的写作技巧，从而产生出一种独特的著述类型：只要涉及至关重要的问题，真理就毫无例外地透过字里行间呈现出来。这种著述不是写给所有读者的，其针对范围仅限于值得信赖的聪明读者。[1]

卢梭在《致博蒙书》中留给未来读者的"阅读指南"不是别的，正是施特劳斯在《迫害与写作艺术》中揭示的这种迫害状态下的独特的写作技巧，也就是"字里行间"的隐微写作方式。歌队中将会有细心的人发现，卢梭所展示的技艺与施特劳斯的陈述惊人吻合。

在开场自述迫害处境并引出两个论战人物之后，书信以援引加反驳《主教训谕》的近乎枯燥的方式展开。卢梭"以一种乏味的方式来陈述他所抨击的观点……使用许多专门术语、给出大量引文，过分看重一些无关紧要的细节，把注意力集中于学究们的琐屑争吵"。[2] 这种状况在全书中只有一处例外。相关文字占近三十页篇幅（959-986），处于全书的中心位置。卢梭反常地既没有援引博蒙的《主教训谕》，也没有援引萨瓦候补本堂神父的"信仰自白"。不仅如此，他不再含糊地说些"问题不在这里"的暗示，而是在一开始就明确地提醒读者："我们现在触及最重要的争论核心。"（959）

这段文字无疑是全书的核心部分。卢梭奉献给歌

---

[1] 施特劳斯，《迫害与写作艺术》，刘锋译，华夏出版社，2012年，页19。
[2] 同上，页18。施特劳斯做出的一般性总结完全适用于卢梭的个例。

队一份他本人的"信仰自白"。在声称饱受非议的"萨瓦候补本堂神父的信仰自白"是本世纪里最好最有益的著作之后，卢梭表明，"我要陈述我的宗教，因为我确实有一种宗教"（959）。这个部分讨论的内容大致又可以分成五个小部分：

一、陈述"我的信仰准则"（959-962）
二、反驳无神论或不信神的批判（962-966）
三、真诚与谎言（966-968）
四、宗教的两种标准（968-977）
五、信仰宽容（977-986）

第四部分提出检验宗教的两种标准，一种以超自然的真理为依据，另一种"以宗教在这个世界上所造成的世俗道德效应为依据，也就是以宗教带给社会和人类的好与坏为依据"（969），以此区分了个人宗教与公民宗教。卢梭看来只关注第二种标准，并假设一种"适合所有民族的共同宗教"（975）或"基本宗教"（977等），也就是《社会契约论》里的公民宗教，它取缔了传统中的各种宗教。

在这个前提下看卢梭在第一部分声称"我是基督徒"，又说"基督宗教的基本真理有助于建立各种良好道德"（960），他的信仰宣言应划在公民宗教的范畴。那么他的个人宗教是什么呢？卢梭本人讳莫如深。歌队只知道，萨瓦候补本堂神父的信仰带有明显的"多神异教"色彩,[1] 博蒙提出这一点，令人惊讶的是，卢梭没有否认（598）。

第五部分在谈及信仰宽容时，突然引用一大段琐罗亚斯德教徒在伊斯兰教徒面前的申辩。在"见证世界开端"[2]的古老的琐罗亚斯德教面前，伊斯兰教是"新兴宗教"，并且深受对方影响。然而，一个琐罗亚斯德教徒因为娶了一个穆斯林女子，而被其他穆斯林判了死罪。在不能直接说真话的时候，卢梭喜欢拿不相干的事例作隐喻。这里似乎就是这种情况。倘若我们的理解没有错，那么，琐罗亚斯德影射古代异教传统，穆斯林影射"当下的基督徒"，娶穆斯林女子为妻，暗指卢梭从异教哲学的立场出发，接受"福音书的教义"，做了"耶稣基督的弟子"（960），而他的一番苦心也落得和琐罗亚斯德教徒一样的下场。

剩下第二部分，卢梭在这一段反驳人们对他的宗

---

[1] 萨瓦候补本堂神父以二元宇宙论否决创世学说，这种"自然神论"恰恰源自希腊哲学。
[2] 卢梭强调琐罗亚斯德教"见证了世界的开端，预见并标记了世界的秩序"（981），让人想到萨瓦候补本堂神父的宇宙起源说。在援引琐罗亚斯德教徒的申辩之后，他又说："我试着让您明白，萨瓦候补本堂神父的信仰自白是在何种精神状况下写出来，又是出于何种考虑而被发表"（983），这些都进一步印证了我们的推测。

教信仰的诸种指责，行文采用咄咄逼人的排比造句："倘若我当众宣传无神论……"结尾的一句总结尤其惹人关注：

> 我在一切事情上都是诚实的人，我在我的世纪里乃至别的好些世纪里都是唯一一个诚信写作、心口如一的作者。（965）

这句话引出了第三部分关于谎言与真诚的言说。这个部分只有短短两页多篇幅，从其中心位置看，当为"核心的核心"，重中之重。值得一提的是，这是整个部分中唯一不涉及宗教的段落。卢梭一上来就"以简洁活泼的文风写下三四个句子"，直逼"争论的核心"，在歌队中，这么做"最是容易引起喜欢思索的文艺青年注意"：[1]

> 可是，对公众坦率是不合时宜的！可是，不是所有真相都适合说出来！可是，尽管所有明智的人都和您想得一样，普通民众（le vulgaire）也这么想就不好了！（966）

---

[1] 施特劳斯，《迫害与写作艺术》，页18。

区分"智者"与"俗众"是隐微写作的根本要义。[1] 在这里，卢梭假意质疑这个观点，但随即又补充道："这么一条可疑而含糊的准则，就算本身是对的，实施起来却有可能犯错。"（966）在下一页，他很快申明立场："我承诺在一切有用的事情上说出真相"（967），换言之，在对公众无益的事情上保持沉默。在卢梭看来，确乎不是所有真相都适合说出来。

那么，什么能说，什么不能说？单单从这里讨论的宗教问题来看，公民宗教有助于世俗道德建设，对社会和人群有益，值得大说特说；个人宗教——

> 与道德无关、无论如何也不会影响品行和触犯法律，每个人以自己的判断为主，谁也没有权利同时不存在利益去规定其他人的思考方式。（973）[2]

歌队刚才留意到，卢梭的个人宗教带有多神异教色彩。隐微写作归根到底是一种可以追溯到古代的政治哲学传统。古典哲人们相信，哲学从根本上是"少数人"的特权。公民宗教与个人宗教的区别因而隐含着社会与哲学的对峙，指向多数人与少数人的区别。行文在这时点到启蒙的名，显得再自然不过。这也是

---

[1] 施特劳斯，《迫害与写作艺术》，页28。
[2] 另参《社会契约论》，第四卷，第八章，参全集，III，468。

全书唯一正式提及启蒙的地方。

> 启蒙与淫乱的发展总是基于同样的原因,我指的发展与个人无关,而与民众(les peuples)有关;我一直很当心做出这个区分,可惜在抨击我的人中没有一个能够理解这一点。(967)

自《论科学与艺术》以来,卢梭就以科学对社会和人群有害为由抨击科学。这里一如既往是在重申同一种反启蒙姿态。"人绝对不能只受一半教育。"(968)启蒙运动公开宣扬无神论,必然致使人群质疑公民宗教,也就是致使依托进步论的现代性社会丧失政治德性的支持。卢梭在第二部分反驳无神论,因而是把矛头指向启蒙运动。施特劳斯精明地指出卢梭"首先是为哲学着想而抨击启蒙运动"。[1] 因为,卢梭看到启蒙运动有两个危害,首先是城邦的败坏,其次是哲学的败坏——哲学一旦成为时尚,其结果就是哲学本身的败坏,哲人被赶出城邦。换言之,卢梭为了哲学而反启蒙,为了反启蒙而需要宗教。公民宗教的存在合理性是有用而不是真实。在这样的语境里,琐罗亚斯德教徒最后的话显得意味深长,不妨视为迫害状态下哲

---

[1] 施特劳斯,《苏格拉底问题与现代性》,刘小枫编,冯克利译,华夏出版社,2008年,页69以下。

人对社会的呼告：

> 我们在弥补你们受一种破坏性宗教的伤害。相信我吧，让我们继续奉行对你们有益的信仰崇拜；倘若有一天我们只尊崇你们的信仰，你们才应该感到恐惧：这会是你们所能遭遇的最大灾难。（983）

启蒙年代的卢梭意图力挽历史狂澜的反启蒙姿态，似乎是任何年代的哲人在自己所处的城邦所能采取的唯一姿态。这个姿态很难为人所理解，甚至很难为原本对卢梭有好感的人所理解。迫害因而是哲人的天命。演员卢梭尚在大感委屈，导演卢梭却知道，这出迫害的戏之所以大获成功，迫害神话之所以能够影响后世，是因为归根到底已经无从分辨戏里戏外的区别。

至此，我们大约了解了卢梭的"阅读指南"。这封通篇"只谈宗教不谈政治"的书信，事实上通篇在谈论政治德性问题，并且时时暗示，即便在一个迫害年代里，只谈宗教不谈政治也是不可能的。虽然站在歌队的最边缘，我们自信依然看得很清楚，这段近三十页的文字堪称隐微写作的典范。

但还有一个小疑惑。我们这些歌队边缘的"喜欢思索的文艺青年"，我们这些"渴望变得聪明的读者",我们究竟是"多数人",还是"少数人"?当卢梭意味深长地说"读者不懂,您也不懂"时,我们究竟该把自己定位在何方?对于自信爱智慧的文艺青年来说,这个疑惑不但不小,简直要命。苏格拉底的智慧不可模仿,按某些真正的聪明人的说法,这甚至不是什么重要的问题。[1] 我们所能模仿的看来只有苏格拉底的姿态。

那么,我们是真的不懂的。

---

[1] 施特劳斯,《自然权利与历史》,彭刚译,生活·读书·新知三联书店,2003年,页269。

一种学说的纲要

穿越矛盾走向善

1942年12月14日薇依在伦敦。此前她从纽约坐船到利物浦港。[1] 战时在英国上岸的人会被扣留盘查六至十天。她被关了十八天半才放出来。写给父母的信里说起这个："我运气不好，永远是安提戈涅！"[2]

法国抵抗组织[3]很快安排一间小办公室，让她自由写作。[4] 她不分昼夜地写，呕心沥血地写。"很少外出，没有时间"；"埋头工作，经常累到没力气"。[5] 直到隔年4月15日被送进医院，8月24日去世。时年三十四岁。

---

[1] 11月10日离开纽约，11月25日抵达利物浦。
[2] 引自1942年12月16日的家信，收入薇依，《伦敦文稿》，吴雅凌译，华夏出版社，2020年，页237。本文中薇依的家信与至舒曼的信一律引自《伦敦文稿》，特此说明。
[3] 1940年6月，戴高乐在伦敦成立自由法国抵抗组织。1942年7月13日，"自由法国"（France libre）更名为"战斗法国"（France combattante），薇依文中同时使用这两个称谓。
[4] 参看1942年12月31日的家信："他们派给我一件纯脑力工作，完全个性化，让我自己掌握。"（页239）1943年4月17日的家信："我完全自由地工作。"（页252）
[5] 引自1943年2月1日、4月17日的家信，页248，255。另参1943年1月8日、3月1日的家信。

伦敦四个月，薇依留下数量惊人的文稿。依据战后加缪在伽利玛出版社主编的《希望》丛书出版情况，已发表文字超过八百页篇幅。大多数伦敦文稿系为法国抵抗组织撰写的参考材料，内容涉及战争时局和国际形势、宪法政党殖民等战后政府重建工作，以及她长期沉思的哲学与宗教问题。相较此前多属未完成手稿或笔记，这些篇目完整独立，一气呵成，谋篇更成熟，尤其走笔中让人感受到为思想寻求语言表述的专注和灵性领悟。

困难首先在词语中。真实在每个人心深处，只是藏得太深，难以用语言传译。人类如此依赖词语，以至于一种思想若未表达成话语，则有可能无法在行动中实现。[1]

某个无法解释的真实碎片在词语中惊鸿一现。词语从真实中汲取滋养而没有能力包含真实。然而，经过整理组织，词语有可能与真实建立完美的呼应关系，从而为所有渴望重见真实的人类精神提供帮助。每当这样的情况发生时，词语就会焕发美的光彩。[2]

她在一则笔记中提到某种学说的可能性。不是学说本身的落实，而是学说纲要的构想。"一个人就算

---

1 《一种学说的纲要及其他笔记》，收入《伦敦文稿》，页183。
2 《个人与神圣》，收入《伦敦文稿》，页26。

毕生写作和检验理念问题，也难得形成一种学说。"[1]困难首先在于语言表述。一种思想本是一种行动，但事实通常并非如此，在思想付诸行动之前，我们总是绕不过落实形名，分辨虚实，乃至形名虚实也成了思想行动本身的障碍。

此种学说要成为"所有人类问题的唯一指南"，帮助世人避免既成规则的误导，首要任务是澄清两三百年来诸种学说理论的利弊。就像北极星："看见北极星不能告诉渔夫该往何处去，但渔夫若不知辨识星辰绝不敢在夜里出海。"[2]

借助北极星的指向，我们或许能更清楚地把握薇依在伦敦著述的夜航路线。在二战期间参与法国战后重建的共同展望，她从过去寻觅启示，追溯发端于1789年的法兰西共和传统，重新审视法国大革命思想遗产中的若干基础概念。[3] 首先是权利概念。

1789年盛行于世的权利概念由于内在的贫乏不足而无力胜任世人所重托的使命。

1789年的人们不审慎地把权利概念安置在他们

---

[1]《全面取缔政治党派摘要》，收入《伦敦文稿》，页150。
[2]《一种学说的纲要及其他笔记》，前揭，页183。
[3] 参看《临时政府的合法性》："思考这些基础性概念，把它们当成全新事物予以思考。这是必要的，无疑又是艰难的。当下如果规避这项工作，我们必将难逃灾难的惩罚。"（收入《伦敦文稿》，页54。）

面对世界发出呼吁的核心位置。[1]

义务概念优先于权利概念……1789年的人们从权利概念出发……这样的悖论致使他们陷入言语和观念的混乱,进而决定性地让我们陷入当前政治社会的混乱。[2]

她郑重呼吁用"人类义务宣言"正式取代1789年以来的人权宣言传统。[3]《扎根》原标题为"对人类的诸种责任的宣言绪论"(prélude à une déclaration des devoirs envers l'être humain),第一部分详尽列举灵魂的诸种需求,目的不是诉求人类的"天赋权利",而是强调"自然正当"的共同体认同。关乎 naturel right 的古今之辩在薇依的伦敦文稿中焕发生动活泼的光彩。她从不言自明的事实出发,也就是人类在身心方面的生存必然需求。作为某种社会契约的前设条件,每个人都有义务"满足所有人类的灵魂和身体在人世间的诸种需求"。[4]

---

[1] 《个人与神圣》,前揭,页2,13。
[2] 《扎根:灵魂的诸种需求》,收入《伦敦文稿》,页72-73。
[3] 1942年11月7日,伦敦抵抗组织负责人安德烈·菲利普在纽约发表新人权宣言主题演讲,1943年8月14日《法国战斗报》正式发表参考1789年宣言起草的新人权宣言书。薇依思考权利概念与此直接相关。参看 Simone Weil, *Écrits de New York et de Londres*, t.V, vol.2, p.93。另参看西蒙娜·佩特雷蒙特,《西蒙娜·韦依》,王苏生、卢起译,上海人民出版社,2004年,页887。
[4] 《人类义务宣言研究》,收入《伦敦文稿》,页65。

薇依的传记作者亦是同窗好友佩特雷蒙德提出假设：在生命最后时期，薇依切实地奠定了"一种学说的纲要"，具体表现为《人类义务宣言研究》一文中的"信仰声明"。

在这样的语境下谈信仰声明，很难不想到卢梭，想到《爱弥儿》中的萨瓦候补本堂神父和《社会契约论》最后一章。事实上，薇依的伦敦著述乃至整体著述让我们一再想到卢梭。这不仅因为她切实地追溯《社会契约论》的问题意识，[1] 还因为她心目中的两部个人"要著"（grande oeuvre）呈现出某种政治哲学思想的内在结构性。第一部是二十五岁撰写的《自由和社会压迫的起因思考》[2]，带有一以贯之的志向："把为他人幸福所做的一切思考全部概括进去"，[3] 文中梳理的"当代社会生活"在八十年后的今天依然不乏警示意味。第二部是三十四岁撰写的《扎根》。[4]

---

[1] 参看《全面取缔政治党派摘要》："我们的共和理想完全来源于卢梭的公意概念。但这个概念几乎立刻丧失原有含义，因为概念本身很复杂，要求付出高度的关注力。罕有一本书像《社会契约论》这样美而有力，清醒又简明……"（前揭，页 145）

[2] Simone Weil, "Réflexions sur les causes de la liberté et de l'oppression sociale", in *Oppression et liberté*, Gallmiard, Collection Espoir, 195,pp.57-162. 中译本收入《文学》2017 年春夏卷，陈思和、王德威主编，上海文艺出版社，页 241-290。

[3] 佩特雷蒙特，《西蒙娜·韦依》，页 401-402。

[4] 参看 1943 年 5 月 22 日的家信："我写了第二部要著，或者说，正在写，还没写完。"（页 257）

如果说自由和压迫的起因探究呼应了卢梭论不平等的政治关切,那么《扎根》从权利和义务的概念出发,提出作为"国民生活实践启示"[1]的基础宣言,恰似印证了《社会契约论》和《爱弥儿》在卢梭的"政治制度论纲要"这一庞大写作计划中错综交互的组织关系。

倘若真有一种薇依的"学说纲要",我们不能忽略此种学说的"超自然真实"维度,不能忘记她反复强调人心欲求"绝对的善"。信仰声明的开场白把所有人类的普遍认信对象指向此种超乎属人理解领域的真和善。

> 有一种真实在此世之外,也就是说,在时空之外,在人的精神世界之外,在属人的功能可能企及的任何领域之外。与此种真实相对应的是人心深处对绝对的善的需求,此种绝对的善永住在人心中,并在此世绝对找不到对应物。[2]
>
> 倘若出于偶然有一丝真实通过我来感染你们,那我至少不枉在此世停留。虽然那些借助我的书写得到传达的思想远远超乎我本身,但我赞同这些思想,将它们视同真实。(致舒曼的第四封信,页255)

---

[1] 参看《人类义务宣言研究》,前揭,页71。
[2] 同上,页62。

在此世的善恶对峙之外，尚有一种绝对的善。在绝对的善的基础上重新定义正义和美，与我们在此世秩序中通常信奉的正义和美大相径庭。好比俄狄浦斯从高傲的王到流亡受难的灵魂转变，须得戳瞎眼睛才真正看见，颠沛失所方能安顿，进一步说，须得"穿越矛盾走向善"。[1] 一种思想默默向上，就像一棵树要扎根大地也要吸纳光照，两者不可或缺。[2] 薇依一再审视古往今来不同文明的属灵特质，亲身试炼西方哲学传统中的灵修经验。她游离在基督宗教正统界限之外，亦不落灵知学说拒绝与此世和解的窠臼。简单地说，针对现代性精神拔根危机，还有什么比提出一种扎根的信仰更对症下药？无怪乎有人说，她是西方哲学反抗哲人败坏的突出个案。

她的许多文章标题有同一个对子。重负与神恩，个人与神圣，柏拉图与神，诗与力量……这些书写指向同一类哲学与宗教的关系问题：在灵知的幽暗中如何用力触摸真实的微光？她说等待，[3] 像一种停顿，一种无为顺服，同时又是完全专注的，用尽心力的，要

---

[1] 参看薇依，《伦敦笔记》，收入《文学》2017春夏卷，页291。
[2] 参看《个人与神圣》："只有从天空持续投射的光照才能够把能量带给一棵深而有力地扎根大地的树。事实上，这棵树扎根在天上。只有属天的东西才有可能真正在大地上刻下印记。"（《伦敦文稿》，页19）
[3] "等待"也是薇依著作的标题之一（En attendant Dieu），参看薇依，《在期待之中》，杜小真、顾嘉琛译，华夏出版社，2019年。

求从根本上超越自我的。她常用的至美例子是耶稣在十字架上的最后呼告，不只是某种特殊宗教的灵性经验，而是所有灵魂的仰望参照。

但这些全是关乎一种学说的语言表述。归根到底，亲近一种向善的学说不难，难在我们个个从思想到行动穿越也许无尽的距离，[1] 实现不再通过欲求和满足得到定义的自由。[2] 从一种学说受益，还要打破我们对此种学说的执着。[3] 让一种默默向上的思想真正参与我们的身心整合，如北极星光渗入暗夜或者，"一颗不易察觉的纯粹的善的微粒住进灵魂深处"。多年前走向生命寒冬的薇依想及"一种学说的纲要"，无形中如同留下一粒细微的种子。倘若能振作，使萌芽可能，"假以时日，这种子将成大树，让空中的飞鸟在枝上搭窝"。[4]

---

[1] 参看《一种学说的纲要及其他笔记》："构思、理解和接受最佳学说是容易做到的事。困难在于实践。更准确说来，困难在于充分得到滋养，完全吸收消化，从而让实践真理变成本能。"（前揭，页181）

[2] 参看《自由和社会压迫的起因思考》："自由不是未经付出就得到想要的东西的可能性……真正的自由不是通过欲求和满足的关系得到定义，而是通过思想和行动的关系得到定义。"（前揭，页269）

[3] 参看《与法国人民性命攸关的殖民问题》："首要条件是绝对避免在任何领域预先凝固任何东西。"（收入《伦敦文稿》，页182）

[4] 《圣事理论》，收入《伦敦文稿》，页207-208。

永远是安提戈涅

"安提戈涅确实度过一段糟糕的日子……"[1]

在伦敦,薇依拼命般地写作。然而写作不是她去伦敦的初衷。从北非到纽约,再从纽约转赴伦敦,半年两度横穿大西洋,四方求告,不停迁徙,原因无他,是要重归故里,要"更深入有效地参与战争的危险和苦难"。[2] 她把1942年5月随家人离开法国视同一个不可忍受的错误,一次精神拔根,一种背叛。在伦敦家信中再三懊悔自责,她说痛苦日复一日不断加剧。

更不必说父母为了与她团聚,重在异乡徒劳无望地奔走,但求回到他们竭尽所能离开的原地。

即便对薇依其人有所了解,我们也很难切身体会这种发乎理智和心灵深处的痛苦,这种迫切需求,要"亲身处在不幸中,处在当前极致的不幸中",并且非如此不可。在纽约去不成伦敦就要"抑郁致死"。在伦敦去不成法国就要"陷入一模一样的痛苦中不能动弹"。她说这样的处境比下地狱还糟。她自称"像疯子般……抛却审慎和礼节,不断发出绝望的呼告";"和乞丐一样不知羞耻……不讲理,一味叫嚷自己的需求"。[3]

---

[1] 引自1943年6月15日的家信,页263。
[2] 引自致舒曼的第一封信,页216。
[3] 以上引自致舒曼的第二至第四封信,页219,221,225,234。

蔓延在地球表面的不幸纠缠着我，重压在我身上，简直让我丧失理智。只有亲身承担相当程度的危险和苦难，我才有可能恢复理智摆脱顽念。这是让我能够工作的前提条件……这在我的天性里过于根深蒂固无从改变。何况我敢肯定，这不只是天性问题，还关系到使命问题。（致舒曼的第三封信，页221）

但去法国的两个计划都失败了。首先是《战地护士计划书》，建议组织女护士敢死队，在火线上抢救伤员，以温柔大胆的女性形象安慰人心鼓舞士气。薇依想到的志愿者不是别人，首先是她自己："一名女性没有结婚生子，没有理由把她的生命看得比男性更珍贵，尤其她本人接受赴死的风险。"[1] 她还在纽约时计划已被多方否决。据说戴高乐的反馈是："噢，她疯了！"于是这个计划被视同疯子的计划。[2]

另一个计划是被派往法国执行地下工作，这在别人眼里同样不切实际，形同去送死。她体弱多病，行动笨拙，又是犹太人，很容易败露被捕，危及同伴。为此她甚至预想好一整套落入敌人手里时确保不泄露

---

[1]《战地护士分队计划书》，收入《伦敦文稿》，页193。
[2] 佩特雷蒙特，《西蒙娜·韦依》，页903。

情报的应对方案。1943年春天，法国境内抵抗运动负责人卡瓦耶斯[1]在伦敦与她见面后，正式拒绝了她的请求。

卡瓦耶斯同样毕业于巴黎高师，战前在索邦大学任教，去伦敦前曾被捕又越狱，从伦敦回法不久，几乎与薇依去世同时，他再次入狱，受尽酷刑，后被枪杀。他在审讯中严守秘密，对盖世太保只谈康德的绝对道德律令和贝多芬的《艾格蒙特》[2]——"如果这个人不是英雄，还有谁是英雄？"[3]

正是这位英雄评价薇依："典型的贵族特性，如今的社会不能容忍这种特性的人存在。"在他富有战斗经验的眼里，薇依的疯狂想法完全行不通，抗战时期人人应该服从安排，各尽其责，而不能一意孤行。

---

[1] 卡瓦耶斯（Jean Cavaillès，1903—1944），索邦大学逻辑学教授，数学家，哲学家，与薇依的哥哥安德烈相识。二战期间他是南方解放抵抗运动的共同创立者，"卡奥尔"战斗行动网络创始人。1942年被捕，在狱中开始写《论逻辑和科学理论》（*Sur la logique et la theorie de la science*），后越狱。1943年8月28日在巴黎再次被捕。1944年4月4日被纳粹军事法庭宣判死刑并遭枪杀，尸体被发现在阿拉斯公墓角落，标注为"无名氏五号"（inconnu n°5）。

[2] 康德在1785年出版的《道德形而上学的基础》中提出绝对道德律令概念。贝多芬的《艾格蒙特》（*Egmont*）是为歌德的同名戏剧所作的序曲和配乐。剧中的艾格蒙特和卡瓦耶斯一样是被判死刑的英雄。

[3] Georges Canguilhem, *Vie et mort de Jean Cavaillès*, 1976, Paris: Éditions Allia, 2004, p. 35.

"他甚至对她的固执己见有些恼火。"[1]

从传记和相关文献阅读在伦敦的薇依，确乎让人想到那个小小的安提戈涅，那个让克瑞翁大感恼火棘手的安提戈涅。他真正爱惜她，一心想救她，而她决然说不。显然这不是索福克勒斯的古希腊版本，而是法国作者阿努依的尚未问世的《安提戈涅》，即将在1944年春天巴黎工坊剧场首演。[2]

伦敦抵抗组织负责人菲利普和舒曼[3]接纳她，让她自由写作，看似再适合她不过的一项安排。他们肯定她的才华，赞美她的聪慧。正如这些善意是真诚的，她被理解的渴望同样恳切："赞美完全与我不搭调，赞美的方式还带给我极大苦恼。"[4] 比起赞美，她更希望真正派上用场。伦敦家信中谈及工作总是无奈。一开始，她不知是否"在名副其实地工作"，不知"写的东西是否有用"，不知写完"能派什么用场"。愈往

---

1 佩特雷蒙特，《西蒙娜·韦依》，页904。
2 Jean Anouilh, *Antigone*, Paris, La Table Ronde, 1946. 中译本见阿努依，《安提戈涅》，郭宏安译，2019年，人民文学出版社。
3 安德烈·菲利普（André Philip, 1902—1970）是伦敦自由法国国家委员会负责人之一。舒曼（Maurice Shumann, 1911—1998）是薇依在亨利四世中学巴黎高师文科预科班时的同班同学，当时在伦敦担任自由法国在英国广播公司的发言人。在他们的帮助下，薇依得以从纽约到伦敦。菲利普作为直接领导安排薇依在民政处担任撰稿人。
4 引自致舒曼的第四封信，页223，参看1943年7月18日、8月4日的家信。

后愈是苦涩失望。"没有人看我写的东西","我的写作尝试实际上是无效的"……[1]

我内心有某种确信在不断增长,我身上有一个值得传承后世的纯金库。[2] 只是,我和同时代人打交道,观察他们,这让我越来越肯定没有人来接收这个金库。这是一整块纯金。后来添进去的与原有的部分融为一体。随着这一整块纯金不断变大,其结构也愈加紧密。我不可能把它分成若干小块。接收这块纯金需要付出努力。而努力是让人如此疲劳的事!(1943年7月18日家信,页272-273)

菲利普说:"为什么她不能研究些具体问题,比如工会问题,而总是关注那些泛泛而谈呢?"[3] 他似乎只把《反抗的思考》一文呈交给戴高乐,并采纳意见成立最高抵抗委员会。他更希望她能研究英国工会现状,提供法国工会运动的可行方案。但她的多数报

---

[1] 引自1943年1月22日、3月1日、4月17日、7月12日、7月18日的家信,页244,249,257,269,273。

[2] 或许有必要结合《超自然认识》中的一段笔记理解这段引文中的黄金譬喻:"面对神我们就如小偷,小偷溜进人家里,主人出于善意任他带走金子。"(Simone Weil, *Connaisance surnaturelle*, Gallimard, 1950, p.232)

[3] 引自《西蒙娜·韦依》,页891,925。

告显得不切实际。按她的话说,"不是决定世界命运,而是思考世界命运,这是完全两样的事"。[1]她何尝没有研究具体问题呢?从文明基础问题出发,质疑人权宣言概念,主张全面取缔政党,不赞同伦敦流亡政府的唯一合法性诉求,指明世界范围的去殖民化进程势不可挡,进而批评戴高乐对法兰西殖民帝国的拥护态度,这些意见很难为包括战斗法国组织在内的任何政党政府所采纳。[2]

有一天菲利普向舒曼抱怨没能好好运用她的智慧。她说:"他确实没能做到。"但在观念思想上决不妥协:"我眼下写的东西在他读过之后没能让他改变主意。"由于不能赞同戴高乐临时政府在战后重建准备工作中的立场,她在去世前一个月写信辞职,拒绝承认是伦敦战斗法国组织的一分子,要求从抵抗组织内务部人员名单中除名。[3]

至于昔日同窗舒曼,"再热心不过","非常非常

---

[1]《与法国人民命运攸关的殖民问题》,前揭,页182。
[2]《临时政府的合法性》:"一旦国家形势恢复平衡,最好由一位曾经在法国土地上经受过考验的法国人领导这个国家。"《反抗的思考》:"在法国群众眼里,戴高乐将军是一种象征,而不是一位领袖。"《与法国人民性命攸关的殖民问题》:"当前自由法国有可能犯下最严重的错误,就是在不得已时把这一点作为某种绝对事实,在美国面前坚持殖民主张。"
[3] 以上引自1943年7月26日致克洛松的信,《西蒙娜·韦依》中全文收录此信,页923-928。

友好",总是耐心理解她,关怀帮助她。她对他畅谈信仰,寄给他《圣事理论》。但她说:"迟早我会让他难过。"[1] 最后一面他们在激烈争论中度过。她批评战斗法国组织的做法,包括代表法国加入盟国阵线,以及戴高乐与吉罗德的政治分歧等等。她指责舒曼没能送她去法国。"她要造他和戴高乐的反,因为他们没有给她机会完成使命。"她声明与战斗法国组织脱离关系断绝来往。那天他特意带给她一本维克尔的小说《海的沉默》,她看也不看沉默地拒绝了。[2]

这是一种"爱的疯狂",让她表面看来不可理喻,让她非得亲身处在"蔓延地球表面的不幸"。这种爱的疯狂从前让她放下教职进工厂做工,让她奔赴西班牙参加内战,也让她长期停驻在天主教会的门槛之外,与"不入教必受诅咒"[3]的人们在一起,正如与战争苦难中的人们在一起,非如此不可。这种爱的疯狂让她不肯妥协本该让所有人安宁的既有常规,让她反

---

1 引自1943年7月28日的家信,页276。
2 引自《西蒙娜·韦依》,页929。《海的沉默》是当时刚问世的地下小说(Vercors, *Le Silence de la mer*, Minuit, 1942)。另参看《信仰与重负:西蒙娜·韦依传》,页442。
3 薇依多次批评这条天主教教规(Anathema sit),伦敦著述中见《全面取缔政治党派摘要》《最后的文稿》等。

复再三地呐喊:"我的位置不在那里。"[1]

爱的疯狂降临一个人,会彻底改变此人行动和思想的方式……为爱疯狂的人有个需求,那就是看见自由认同的能力处处得到发展,在这个世界上,在各种人类生活方式中,在每个人身上。这对他们又有何好处呢?理性者这么想。可是,这不是他们的过错,可怜的人。他们是疯子。他们脏腑失调。他们对正义如饥似渴。[2]

这种爱的疯狂让薇依在伦敦陷入"太痛苦的精神状况",而别人一如既往"不理解为什么这种状况是痛苦的"。[3] 很快她就抵达身体和精神的极限,她自己也预感到了。[4] 头痛症复发,疲倦在加重,极度消瘦,衰竭。四月中旬,她被发现昏倒在住处,确诊肺结核。

---

1 引自薇依的《超自然认识"绪言"》,收入《柏拉图对话中的神》,吴雅凌译,华夏出版社,2012年,页2。
2 《我们为正义而战吗?》,收入《伦敦文稿》,页38。
3 引自致舒曼的第一封信,页217。
4 参看致舒曼的第四封信:"我在这里的工作用不了多久就会因三重极限而终止。首先是精神极限,不能适得其所的感觉让我的痛苦不断加剧,恐怕最终将不受控制地妨碍思考。其次是智力极限,一旦落实到具体问题,显然我将因为缺乏实际经验而中断思考。最后是身体极限,因为疲劳在加重。一旦触及极限,我想我将什么也给不了。"(页233)

住院期间"一直在38℃到38.5℃的高烧中苟延残喘"。[1]吃得太少,因为不肯超过敌占区的食物限量配给,也可能是消化系统过度衰竭导致进食困难,连医生也说她是最难治疗的病人。

她死在八月的一天晚上。法医的定论是自杀。英国当地报纸刊登了"法国教授让自己饿死"的消息。这叫人多少想到阿努依笔下克瑞翁把安提戈涅送上刑场时的话:"是她愿意死,我们之中没有人强大到足以使她决定活下去。我现已明白,安提戈涅生来就是为了赴死。"[2] 恰恰因为这样罢,我们愈发有必要了解薇依本人如何看待索福克勒斯笔下克瑞翁与安提戈涅的真正对峙:

> 在克瑞翁眼里,安提戈涅的所作所为全然不带任何自然意味。他认为她疯了。我们不能责备他错了。当下的我们恰恰和他一样思考、说话和行动。……这个年轻女子所遵循的未成文法不是别的,就是极端的爱,荒诞的爱,把耶稣基督推向十字架的爱。[3]

---

[1] 引自《西蒙娜·韦依》,页924。另参看《信仰与重负:西蒙娜·韦依传》,页433,444。
[2] 引自阿努依,《安提戈涅》,页95。
[3] 《个人与神圣》,前揭,页15。

关于她的死因争议,佩特雷蒙德的传记[1]做过详尽记载和勉力澄清,此处不赘述,而只限于援引薇依在另一个场合谈及索福克勒斯的悲剧:

在索福克勒斯的悲剧里,主人公往往是一个勇敢骄傲的人物,独自对抗某种难以忍受的苦痛处境。他(她)承受着孤独、苦难、耻辱和不义的重负;他(她)的勇气也会时时破碎;但他(她)始终坚持良善,没有放任自己在不幸中沦落。这些悲剧尽管很惨痛,却从不让人心里感到悲哀。读者反而从中获得公正从容的感受。《安提戈涅》正是这样一部悲剧。[2]

她一语道中《安提戈涅》古今版本的差别。从薇依在伦敦这部庄严肃穆的人生戏中,[3]读者又感受到什么呢?是通常更像是为我们自己的悲哀找借口的荒诞虚无,还是一种自由等同于自强不息的公正从容?为了我们自己好,至少让我们尽可能按照她对安提戈涅的理解来理解她吧。从头到尾她和索福克勒斯笔下的女子一样为爱疯狂,一样卑微地说:"我要到力量用

---

[1] 参看《西蒙娜·韦依》,页932-936。另参看《信仰与重负:西蒙娜·韦依传》,页432-445。
[2] 薇依,《柏拉图对话中的神》,页126。
[3] 卡博的传记里直接使用"西蒙娜·薇依的悲剧"这一说法,参看《信仰与重负:西蒙娜·韦依传》,页430。

尽了才住手。"[1]

保存希望，但要适度

薇依在一出悲剧中探讨过一种赴死的哲学。

一个谋反集团的头领出于怜悯在行动前夜告密。他拯救了一座城邦，为此付出在世间珍视的一切，荣誉、友爱、尊严和生命。天亮的时候，同伴被处死。只剩他一人，背负罪恶耻辱。城里的人们不感激他，反而遗憾他们在叛徒手中得救。他们讥笑他，辱骂他，送他去赴死。一路上他逆来顺受不言不语。

"在他的灵魂深处究竟发生了什么，始终是一个谜。"[2]

在伦敦赴死的薇依，在她的灵魂深处究竟发生了什么，对我们来说是一个谜。只能亲身经历才算数。这是思想和行动要求一致的终极机会。有人事后回忆，病床上的她已然"像没有肉身的精灵，像圣子"；也有神父说，她在接受祝福时让人感觉"面前是一个驯服听话的灵魂"，尽管她爱争辩的天性让那个好神父心烦意乱。[3]她确乎说过，从做孩子时就很担心，"不

---

[1] 索福克勒斯，《安提戈涅》，罗念生译文，行91。
[2] 薇依，《被拯救的威尼斯》，吴雅凌译，华夏出版社，2019年，页5，8。
[3] 以上引自《西蒙娜·韦伊》，页913-914，918。另参看《信仰与重负：西蒙娜·韦伊传》，页434-435。

是担心错过生命,而是担心错过死亡"。[1] 她有否追求到她所向往的死亡,我们也无所知。

她在一则笔记中援引路加福音的撒种譬喻。种子或者落在路上,被人践踏,被鸟吃尽,或者落在磐石上,第三种是荆棘丛中,最后一种落在好土上。属灵的善的种子也是这样降临四类灵魂。她自知不是好土却是磐石。很大的不幸。但不幸中有一条朝向超自然的真和善的通道。如何让种子在干枯的磐石上萌芽?要不断往石头凹处倾注清水,要全神贯注,那活水甚至顾不上维系生命,而要滋养灵魂深处的种子。"这多少是我迄今凭靠本能的做法。"[2]

一个人没有亲身穿越他自身的消亡,没有长久停留在极限而彻底的屈辱状态中,就没有可能走进真实。

不幸是何等丑陋,有关不幸的真实表达就是何等极致的美。在正义和爱的精神光照下,美的光彩散布在不幸之上。唯有正义和美的精神才能使人类思想凝视并且再现不幸的原样。[3]

---

[1] 引自致舒曼的第四封信,页 234。
[2] Simone Weil, *Connaissances surnaturelles*, pp. 319-321. 相关路加福音经文参看 8:5-8。
[3]《个人与神圣》,前揭,页 23-24,26。

这是索福克勒斯笔下的安提戈涅的属灵经验。二十年陪伴老父流亡外乡，她穿越俄狄浦斯的不幸（和她自身的不幸）走进真实，得到正义和美的全新认知。这也是在伦敦赴死的薇依的属灵经验吗？

"安提戈涅确实度过一段糟糕的日子。不过这没持续太久。现在已经过去了。"[1] 六月中旬的家信中，她如此安慰远方的双亲，不意中也留一丝线索给我们。

从头到尾她苦心隐瞒病情。最后一封信在父母得知死讯后寄到。信中还在为他们做思想准备："往后信会很短，间隔很久，没有规律。"[2] 住院四个月，她编织了四个月的谎言。身体极度虚弱时甚至抬不起手，但家信上的字迹始终清晰有力。

她在信里谈天气。伦敦春天美不胜收。四月满城开花的树。五月的天是一种深邃美妙的蓝。六月玫瑰怒放，樱桃草莓当季。七月收成将近，天热得喘不过气。八月狂风暴雨，夜里人们在露天花园跳舞……

她说起不满周岁的小侄女的灿烂笑容，在她走后那是父母的安慰。她饶有兴致地比较英式酒吧和法国小酒馆，说到伦敦东区姑娘夜夜上街约会（其实是在医院认识的清洁女工），说到几个年轻友好的英

---

1 引自1943年6月15日的家信，页263。
2 引自1943年8月16日的家信，页280。

国相识（同样是医院里的医生护士）。还有和父母分享的阅读，每天几行《薄伽梵歌》，豪斯曼的《一个什罗普郡少年》，惠特曼，塞尚的画，里尔克的十四行诗……还有那些总是快活的谎言：工作忙，一切都好，但愿别错过露天公园上演《皆大欢喜》……

我多么希望你们能够真正充分享受纽约的蓝天、日出日落、星辰、草地、花开、树叶和婴儿。无论在哪里看见一样美好的东西，你们要对自己说，我和你们一起在那里。（1943年4月17日家信，页253）

温柔的谎言是必要的，也是相互的。父母来信说在纽约很快活，尽管她不肯相信。他们描绘坐在河边树下读书，就像她期待的那样。他们收到女儿来信就是过节。他们恳求她保重身体，想方设法和她重聚。初到伦敦她奉劝他们打消念头："在我们这种年代计划家庭团聚是荒诞的。"[1] 住院以来重新说起在北非重聚的计划。她甚至似乎抱有一丝恢复健康的希望，但只有父母在身旁才有可能。[2] 最后一封长信的末尾殷殷

---

[1] 引自1942年12月31日的家信，页239。
[2] 引自1943年7月26日致克洛松的信，参看《西蒙娜·韦依》，页927。

交代："保存希望，但要适度。"[1]

这些家信让我在翻译《伦敦文稿》时掉了好些眼泪。如果真有一种薇依的"学说纲要"，这些温存时刻要在其中有一席之地，包括每个信封背面的假地址，每句假话和假话里的真实消息，也包括高烧中的全神贯注，有节制的情感流露，好比她说起发疯的李尔和委拉斯凯兹画中的弄臣——他们说真话不被认真对待，她在这些疯子身上看见自己。[2] 如果真有一种薇依的"学说纲要"，这些疯狂的爱的时刻要在其中有一席之地。多么可贵，这也是一个人通过思想和行动的完美一致得到定义的自由时刻。她说过，一棵树要有光也要有水，要有天上的恩典，也要有大地的滋养。[3] 一种思想的灵性维度，要有身体性的世间礼法托举呵护，相互成全。因为这样，思和行的无逸不单是为安顿个人身心，也光照一个时代的尊严教养：

> 在这一无比喜悦充实的时刻，人隐约明白真正的生活是在的，人全身心地感觉此世是在的并且人就在此世……我们的时代若能做到这一点，还有什么美妙充实的生活是我们所不能期待的？……从前许多人

---

[1] 引自 1943 年 8 月 4 日的家信，页 280。
[2] 引自 1943 年 8 月 4 日的家信，页 278-279。
[3] Simone Weil, *Connaissances surnaturelles*, p. 321.

把文化视为自我完成,如今人们把文化当成单纯的消遣,通常还借此寻求逃避现实生活的手段。然而,文化的真正价值在于为真正的生活做准备,在于武装人类去与他所分享的世界、去与同等生存条件的同类建立种种不辱人的尊严的关系。[1]

在她的葬礼那天,神父上错火车没能赶到。在场只有七八人。朋友跪下为她念祈祷文吟圣咏。我常想象那是一个灿烂的白天:"含泪的闪亮的微笑,某个寻常白日的开端。"[2] 就像悲剧里的英雄赴死那个早晨,心爱的姑娘一无所知,欢喜地睁眼醒来。[3] 就像十七岁那年她在亨利四世中学写的诗:

> 你在光中行走,
> 目光自由,两手空空,
> 前面是黎明,
> 纷华盛丽在城邦上空。[4]

---

1 《自由和社会压迫的起因思考》,前揭,页 279-280。
2 薇依的诗《致白日》,引自《柏拉图对话中的神》,页 310。
3 薇依,《被拯救的威尼斯》,页 103-104。
4 薇依写于 1936 年 1 月 30 日的诗《圣查理曼节日聚会上的诗》,引自《柏拉图对话中的神》,页 297,有改动。

向下飞翔

向下飞翔

"它飞得太高了……飞这么高是看不见影子的,连影子也没了。"

——《厄勒克特拉》,第二幕第七场

1

读季洛杜的最初印象不是戏剧,是小说。那个名叫埃尔佩诺尔(Elpénor)的水手。

他跟随奥德修斯去打了十年仗,没在《伊利亚特》留下一丝踪迹。又跟随奥德修斯返乡,和伙伴们先后死在路上。只是这死怪不得谁,既不是遭了海难,也不是遇见神怪。他死在回乡路上平安快活的难得时候。某天在女巫的岛上喝醉了,爬上屋顶睡觉,不小心自己摔断头骨。甚至和女巫没关系。荷马说他作战不勇敢,平常也不聪明(奥 10:553)。他摔死的那天,黎明照常伸出玫瑰色的手指,伙伴们无暇掉一滴泪,更不必说埋葬他。他们有更重要的事要忙。

他让人想起《伊利亚特》里的小丑多隆。这个《奥德赛》里的小丑,糊里糊涂去"探敌营",不明就里先到了冥府，比寻访先知的同伴还早一步。这个年轻水手做不了古代传奇里的英雄，活着卑微，死了不起眼。

偏偏季洛杜看中他，为他重写了半部《奥德赛》。

多年前的一次展览上，罗米伊谈起这本 1919 年初版小说。人们在问，季洛杜究竟是背叛还是传承荷马精神？已故的女希腊学家给出得体然而含糊的回答：两者皆有。他与古希腊书写传统的渊源在现代作者中实属罕有。在那一代法语作者里，也许自那以后好几代作者里，季洛杜"最直接地浸染于古希腊文学"。[1]

我随后发现，现代诗人对埃尔佩诺尔念念不忘。他在波德莱尔的《天鹅》里，那个被遗忘在孤岛上的水手。他在庞德的长诗《休·赛尔温·莫伯利》里，无名诗人的坟头插一把桨（奥 11：77，12：15）。他在乔伊斯的《尤利西斯》里，上午十一点按时举行帕特里克·迪格纳穆的葬礼。

2

不止一个法国人对我说，如今他渐渐被人遗忘。

希波吕托斯·让·季洛杜（Hippolyte Jean Giraudoux），

---

[1] *Homère sur les traces d'Ulysse*, sous la direction d'Olivier Estiez, Mathilde Jamain et Patrick Morantin, BNF, 2006, p. 23. 萨特专题谈过"季洛杜的亚里士多德主义和柏拉图主义"。Jean-Paul Sartre, *Situations 1*, Gallimard, 1947.

向下飞翔

1882 年生于贝拉克，1944 年在巴黎去世，两次大战期间公认最重要的法国戏剧诗人。

他的生平，我们所知不多。他曾饶有兴致地提到，三百年前拉封丹途径他的故乡贝拉克那一夜，也许邂逅他的祖先。[1] 少年的想象，算是公开谈论自己的罕有时候。我们知道他聪敏过人，竞技上常戴桂冠，从中学到文科预备班，再到巴黎高师，乃至外交官甄选考试，一路拿头奖。在参加一战的法国作家中，他很可能头一个被授予勋章。

如今还看得到的照片里，他不动声色，戴副浑圆黑镜框，西装革履，沉思和微笑，让我想到雅克·塔蒂电影里的于洛舅舅，只是优雅体面得多。

自称看他的戏长大的电影人马凯为瑟依出版社写《季洛杜自述》，只能以两部小说的虚构文字为主线，寻觅他生平的蛛丝马迹。[2] 他还在世时，萨特说他"低调，一心躲在作品后，或许有一天能对我们说说他自己"。[3]

但他说，我为人类呼吁活在世上有一丝孤独的权利。[4]

---

1 Jean Giraudoux, *Les Cinq tentations de La Fontaine*, Grasset, 1938，p.15.
2 Chris Marker, *Giraudoux par lui même*, Seuil, 1959, p.50.
3 Sartre, "M. Jean Giraudoux et la philosophie d'Aristote: à propos de *Choix des élues*", in *Nouvelle Revue Française*, 1940, pp.339-354.
4 Jean Giraudoux, "Ondine", III, 3, in *Théâtre complet*, Paris: Gallimard, Bibliothèque de la Pléiade,1982,p.832.

3

他的师承。

硕士论文修习文艺复兴法语诗人龙萨与古希腊诗人品达。之后颇让人意外地改去研究德语浪漫派诗人普拉腾（August von Platen），为此还在 1905 至 1907 年间赴德两年。事后很多人说起这次转向，将他二战时的含糊立场联系在一起。[1] 普拉腾是荷尔德林的同时代人。鉴于德语浪漫派对古希腊诗文的重新发现，从龙萨到普拉腾，他的探索一以贯之。

他的法语老师，十六世纪的龙萨，十七世纪的拉封丹。1936 年那五次著名讲座上，他与寓言诗人对话，结集成册《拉封丹的五次诱惑》。此外，从《危险关系》解读十八世纪，从奈瓦尔和菲利普两大诗人评价十九世纪。对待文学，他有可贵的清晰思路。

不能不提拉辛。他写拉辛的文章迄今完胜许多鸿篇巨制。[2] 只有诗人真正理解诗人。——是的。虽是散文体书写，但他本质是诗人，且难得有古学造诣。和拉辛一样通晓古传经典，擅从希腊悲剧和圣经故

---

[1] 谈论季洛杜与德意志思想渊源的权威著作：Jacques Body, *Giraudoux et l'Allemagne*, Paris, Dider, 1975。

[2] Jean Giraudoux, *Littérature*, Paris, Grasset, 1941, pp.27-56.

事汲取题材。相形之下，拉辛的同时代人比如佩罗通过有误的拉丁译本了解欧里庇得斯，而热爱希腊文明如加缪，据说其参考来源是1935年拉鲁斯版的《神话概论》。[1]

他一共写了十六部戏剧，最受欢迎的包括希腊三部曲：

《安菲特律翁三十八世》（1929年）
《特洛亚战争不会爆发》（1935年）
《厄勒克特拉》（1937年）[2]

《安菲特律翁三十八世》问世前一年，本雅明完成处女作《德意志巴洛克戏剧的起源》。

4

上世纪三四十年代，法国戏剧出现一种独特现象。好些作者纷纷回归古典，不止于文艺复兴以降的

---

[1] Monique Crochet, *Les Mythes dans l'œuvre de Camus*, Éditions universitaires, 1973, p.81.

[2] Jean Giraudoux, *Théâtre complet*, Paris: Gallimard, Bibliothèque de la Pléiade,1982。下文随文标出法文版页码，其中《安菲特律翁三十八世》在法文版页113-196，《特洛亚战争不会爆发》在页481-552，《厄勒克特拉》在页593-686，文章将三部戏剧放在一起谈，从引文页码大致可知出自哪部剧本。

法国古典主义,而是直接追溯古希腊传统。

1931 年纪德的《俄狄浦斯》、1934 年科克托的《地狱机器》,均系改写索福克勒斯悲剧。早在 1922 年,科克托在巴黎工坊剧场依据古本上演安提戈涅,最终从古诗人俄耳甫斯那里汲取灵感。而纪德更早,1899 年就改写过普罗米修斯、菲罗克忒忒斯等神话。[1]

1932 年阿尔托发表残酷戏剧理论,依稀可见古代希腊哲学和秘教传统的痕迹。[2]

1934 年薇依写《被拯救的威尼斯》,1944 年加缪上演《误会》,这两出戏表面与神话无关,但加缪有意让现代人物讲古典悲剧语言,薇依则宣称:"自古希腊以来第一次重拾完美英雄的悲剧传统。"[3]

1937 年季洛杜的《厄勒克特拉》、1942 年萨特的《苍蝇》、1944 年尤斯纳尔的《厄勒克特拉或面具的失落》先后在战时改写阿伽门农家族神话。[4]

1944 年阿努依改写《安提戈涅》,[5] 迄今让人念念

---

1 André Gide, *Œdipe*, NRF, 1931; *Le Prométhée mal enchaîné*, Mercure de France, 1899; *Philoctète et El Hadj*, Mercure de France, 1899. Jean Cocteau, *La Machine infernale*, Grasset, 1934; *Orphée*, Grasset, 1926.

2 Antonin Artaud, *Le Théâtre de la cruauté*, Gallimard, N.R.F., 1932; *Le théâtre et son double*, Gallimard, 1938.

3 Simone Weil, *Poèmes, suivi de Venise sauvée*, Gallimard, 1968, note 24. Albert Camus, *Le Malentendu*, Gallimard, 1941.

4 Sartre, *Les mouches*, Gallimard, 1942. Marguerite Yourcenar, *Électre ou la Chute des masques*, Plon, 1954.

5 Jean Anouilh, *Antigone*, Paris, La Table Ronde, 1946.

不忘。

类似的例子还能举出许多。

文坛出盛况，可靠的翻译功不可没。帕纳斯派诗人李斯勒的古希腊悲剧全译本问世于1872至1884年间，到了世纪交替时渐渐不够用了。1897年佩吉写《贞德》，仿索福克勒斯而自译《俄狄浦斯王》开场。克洛代尔历时二十年重译埃斯库罗斯的俄瑞斯忒斯三部曲。保罗·马松等索邦学者和美文出版社合作的希腊经典勘译本陆续问世。[1] 新译本引发新一轮神话重述，这股风潮影响遍及二十世纪法国戏剧电影等文艺领域。个中的因果经过，多少让人想到路易十四年代的古今之争。

有别于莎士比亚，十七世纪法国古典主义戏剧算不算西方文明史上的第二次悲剧复兴，始终让人存疑。1955年加缪在雅典讲座中提出第三次悲剧复兴，[2] 把这个有趣的话题拉伸到当下。

5

荷马史诗以降，希腊人贡献了关乎不和女神的艰

---

[1] 1896年克洛代尔译《阿伽门农》在福州问世，《奠酒人》和《报仇神》分别问世于1912年和1920年。第一卷美文版古希腊悲剧乃是1920年Paul Mazon译注的埃斯库罗斯戏剧集。

[2] Albert Camus, *Théâtres, récits, nouvelles*, éd. de Jean Grenier et Robert Quilliot, Paris: Gallimard, 1962, p. 1701.

难卓越的思考。

战争。矛盾。对话术。

季洛杜笔下的希腊三部曲貌似有同样的缘起。有的城对邻邦推行和平外交，在满城酣眠的夜里，战马学人躺着睡，守夜的狗打呼噜，战争却突然爆发了。有的城刚结束上一场战争，新的谈判使者就到了。有的城里闹得不可开交，邻人未经宣战进犯到城门外……

希腊古诗中多战争，也许因为伯利克里时代的雅典本就战乱不停。季洛杜生活的年代何尝不是？他说，所谓和平，不过是两次战争的间歇。

希腊诗人写战争暴力，自有一股默默向上的气息贯穿始末。最接地气的欧里庇得斯描述亡城的特洛亚妇女，何等惨痛，又何等高贵克制！舞台上不表现暴力不等同于逃避正义问题。反之亦然，强化恶的表现力不等同于高度的精神力。

季洛杜笔下的战争无处不在，而又隐隐约约。有人出发打仗，战争只持续一天，注定没有伤亡。有人打完仗回家，享受不了战争大门紧闭的和平片刻。还有人光顾得内心的天人交战，眼看着城要亡了，却如顾不上的遥远喧嚣。安菲特律翁、赫克托尔、厄勒克特拉……一边是最优秀的战士，另一边，呼吁和平的阵营里不乏闪光的思想人物。阿尔克墨涅、安德洛玛克、埃癸斯托斯……战争有两张脸。

这样,"你们在希腊战争的光照下"(546)。

6

希腊战争的光照……

第一时间想到这段(不可能的)对话:

阿尔克墨涅:朱庇特在创世那天真的知道他要做什么吗?……他造了大地。可大地上的美分分秒秒在自行生成。这美有奇妙之处。这美短暂即逝。朱庇特过于严肃,不可能愿意创造短暂即逝的东西。

朱庇特:也许是你想象中的创世出了问题。(143)

活泼自在的美人不知道伴装的神王朱庇特就在她面前。在最严肃的创世问题上,神和人有根本分歧。其他问题接踵而至。一直到最平常的人生里,爱人之间只有"原始的不和"(529)。特洛亚城里的那对模范夫妻声称,相爱的夫妻并不相和,他们过的日子更像一场无休止的战争,不是互相征服就是各自牺牲。

因为不和,美生成了。因为争战,自我的轮廓得以突显。和没有想象力也没有多少智慧的阿尔克墨涅交谈之后,朱庇特的神仙脸上长出一道人类的皱纹。他无比倾倒地喊道:人类与诸神想的不同!神和人之间真有一场冲突，而他，神王朱庇特，现如今他就是牺牲品。

赫拉克利特说得真好啊！"战争是万物之父，亦是万物之王，既证明神们，亦证明人们，既造就奴隶，亦造就自由人。"（残篇53）

7

在最初的草稿里，姐姐对弟弟说："你必须是美的，你将做的事若叫一个丑陋的人完成，那真可怕呀！复仇须得是美的，不是吗？"[1] 他们的父亲被母亲暗杀。姐弟分离多年终于相认，她催促他去杀死母亲为父亲复仇。

不和女神的诱惑以美为名。先是诸神赛美的苹果，再是世人争抢的海伦。季洛杜的文字世界有意浸染在这一美的光照下。

他笔下没有完全丑陋的人物。连阿努依也难免想象贪金子的守兵，让小安提戈涅打冷颤："太丑陋，一切太丑陋！"[2] 在这里，失意的园丁的怨叹中有洞见，被骗的丈夫持守愤怒的尊严，平庸的小号手能吹出单音的赞歌，从前让人轻视的人摇身变成值得尊敬

---

1 Jean Giraudoux, *Théâtre complet,* p.1567.
2 Jean Anouilh, *Antigone*, 1946, p.114.

的人（670）。每个人物都有美的爆发时刻。这些璀璨的光芒如钻石的折射，耀眼得让人看不见核心，但足以领悟美的秩序在周遭盛开。

一种指向整全的政治哲学主张，没有真正认识丑陋与恶，就无从谈论对人世与人性的洞察。阿尔托的残酷、薇依的力量、加缪的荒诞、萨特的恶心，这些却统统退出他的舞台。他拒斥丑陋，故而无可能归入"恶或自由的戏剧"一类传统主流。[1]

这美的执念包含一个动人的心愿："但愿我的祖国无愧为最文雅的民族，也就是说，这个国度里的人是美的。"[2]

他看懂了拉辛，诗人为路易十四写作，毕生以此为志向。他何尝不是呢？他毕生为之写作的君王无他，就是法兰西文明。而他坦坦然光说美而不说好，让我暗自惊心。日渐荒凉的巴黎街头，我对朋友贾非重述这句话，他脸上泛起于洛舅舅的一丝微笑。

8

爆发（se déclarer），或发作，宣告，表明态度。

---

[1] 萨弗兰斯基，《恶或自由的戏剧》，卫茂平译，生活·读书·新知三联书店，2018年。
[2] Chris Marker, *Giraudoux par lui même*, Seuil, 1959, p.31.

适用于一场战争，一个人，一座城邦，一切生命。

五月的金翅鸟，六月的梭鱼，乃至受辱的园丁，尘灰里的君王。一切在自然中爆发有时。

爆发是走在"认识你自己"路上的一次大爆炸。一次死而重生。

流氓无赖摇身变成一国之君。他在日出时骑马冲下山，心底苏醒了名曰美的秘密需求。陈年的记忆随同晨雾消失，乌黑的罪罚被土地翻耕，嘲弄和谎言转为信念，阴郁的化作明净的。那是埃癸斯托斯的爆发。

少女的爆发足以毁掉一座城邦，如老虎从沉睡中被惊醒，如一头小狼在正午时分长成母狼，咬死抚爱它的家人。那是厄勒克特拉的爆发。新婚之夜，她不在新郎怀里爆发，而在弟弟怀里爆发：这事关一个家族乃至一座城邦的死而重生。

说谎的说出了真相，偷情的唱起了人妻之歌。那是阿伽忒·忒奥卡特克勒斯的爆发。这个臆造的夫姓带有三重希腊词源。Théo-catho-clès，字面意思是"地下诸神的荣耀"。因为那做丈夫的是法官，负责把人送进地狱。三倍讥讽意味。但 Agathe 的意思是"好的"。阿伽忒是解谜的钥匙。在家族阴影里爆发的阿伽忒本身是一种光照。

爆发，犹如美的惊鸿一瞥。随着海伦到来，满城里几何学家变成诗人，诗人大搞政治，少年顿时长大，老头儿变回追星的小青年。海伦像男人，帕里斯倒成了女人。关系被颠覆，秩序被重建。在战争爆发前，特洛亚城先在美中爆发了。

正统哲学教诲我们，穿越矛盾走向善。季洛杜显示出另一种似是而非的扎根：穿越矛盾趋向美。

现代图景里的诗趋向美，史趋向真，均在善恶的彼岸寻求安顿。剧中有人说，终极真相是诸神的冷漠，这几乎也要理解为美的发见。

9

诸神有时扮成情人或别人家的丈夫，有时扮成乞丐。

季洛杜用一个细节标记下神的踪迹：乞丐在费埃克斯人的岛上爆发。在荷马诗中，十年间奥德修斯尝尽诸神的冷漠，他们对他不管不问，凭他想回家也回不去。十年后去了费埃克斯人的岛上，神才幻化成少女走向他（奥 7:20）。手捧水罐的少女，或喷泉边的乞丐，春夜里的敲门者……千般化影，如梦亦如电。

乞丐讲了不少无厘头的疯话，诸如刺猬和鸭子的故事。

一只丑小鸭远离鸭群,一心想亲近人类,弄明白人类在忙什么。人类眼里的鸭子,就是诸神眼里的人类。鸭子对属人的存在满是好奇,正如人类寻觅神圣奥秘。鸭子渴望得到人类的爱,就像世人渴望得到神的爱。祭祀的起源是人一厢情愿,声称神需要献祭,而神的责任是教会人类哭泣。(639)

至于刺猬,夜里它们为了交配成群结队过车路被碾死。每天夜里,无数刺猬为爱赴死。人类无法理解这样愚蠢的逻辑。它们本可以在路的这一头完成交配啊!但对刺猬来说,爱首先得过路(610)。人类眼里的刺猬,就是诸神眼里的人类。

如果不喜欢这些拉封丹式寓言里的戏谑调子,还有一段极美的说辞:

在永是调情的空间与时间之间,在永是对峙的重力与虚无之间,存在着伟大的冷漠,那就是诸神。他们绝不会一刻不停地关怀人类这一大地上最严重多变的霉斑,而是抵达某种境界,公正安详,无处不在,这样的境界只能是极乐自在,也就是无意识……(609)

无意识,或诸神的冷漠。

可是,人间倾向另一类传说,说是朱庇特爱上了阿尔克墨涅。

墨丘利：您打算拿她怎么办？

朱庇特：拥抱她，使她受孕！（118）

恋爱中的朱庇特践行柏拉图的爱欲理论。为了孕育未来的英雄赫拉克勒斯，神王忍受极大痛苦扮成人类。衣服要有褶子，滴到灯油要留印子，眼睛要会流泪传情，皮肤要有岁月雕刻的滋味……"人类的时间敲打在我身上，简直要杀了我。"（134）要抛弃不朽坏的材质，接受无常和变老。阿尔戈斯的园丁说，九个月也许太长，但没有哪个男人不为怀孕一星期或一天感到骄傲。

现代图景的悖论。神爱世人，但神对人一无所知。朱庇特扮成人类时的种种笨拙，本该是一场欢笑的谐剧，为何我们要心生悲怆？神王盼望人类不必受生而为人的苦，人世有太多他不可知的残疾缺陷。反之亦然。人类相信头顶没有神的飞翔，只是一片自由的天空。

神王极其不了解女人。但同样的，反之亦然，不是吗？阿尔克墨涅竟然会向朱庇特诉求友爱！鸭子式的做法呵！她要求这段关系不是源自传统习俗，而是自发自愿。想念而不是信仰，交谈而不是祈求，示意而不是仪式。她索求平等自由，他只好求助善意的谎言。

从前基尔克果说,在与神的关系中我们总是处于错误之中。[1] 季洛杜把话反过来说,在爱的关系里,我们不是刺猬就是鸭子。

10

海伦之美,在于通神性。她深谙何谓诸神的冷漠。她本身就是诸神的冷漠。

荷马诗中的海伦能解释鸟占(奥 15:170)。欧里庇得斯分出两个海伦,其中一个是云气生成的化身,完全是神的手笔,好比赫西俄德诗中,诸神凭空捏造了潘多拉。

在季洛杜笔下,她能看见未来。早在战争爆发前,她看见了亡城的火光,看见了浓墨的死亡。特洛亚城的小王子尚未出生,她先看见他夭折。唯有和平女神站在眼前,特特地浓妆艳抹了一番,她却看不清。

但海伦的神性不止于通灵。她深谙人世的不幸。神话里说,她是勒达和天鹅所生,有翅一族。"我把鸟翅借给人类,可我依然看见人类在爬行,肮脏悲惨。"(532)她看清楚了,比抱希望的世人看得更清楚,有翼飞翔的美无可能改变人类生存的真相。"但我从来不觉得人类要求怜悯。"(532)她随即这么强

---

[1] 基尔克果,《或此或彼》,页 1008。

调。她不怜悯世人，也不怜悯自己。冷漠首先指向自身，从来如此。

——这也许是因为，我觉得所有这些不幸的人和我是平等的，我接受他们，我不认为我的健康、美和荣誉高于他们的悲惨。也许是博爱吧。
——海伦，你在渎神！（532）

精彩的对话！海伦用爱解释冷漠。她虽是带翅的，高高在上，美，自带光环，但她自认与地上爬行的互相平等。听上去合情合理让人感动。然而，听到这番话的人却说她在亵渎神圣！因为带翅的与爬行的首先是灵魂天性的区别，而不是生存状况的对比。海伦诉求生存权利的平等，是否形同于混淆灵魂天性本有高低？从此不是地上的抬头看天，默默向上追求高贵，取而代之的是有翅一族主动向下飞翔的诗性。

我原本误以为，诸神的冷漠是至高效的防腐剂，让海伦永远美下去，从人世折射的荒凉光彩中穿行而过，一如当初从墨涅拉奥斯或帕里斯这类平庸男人的身体穿行而过。但现代诗人别有值得玩味的想象，比如这句乔伊斯式的诗行："年老憔悴的海伦，牙掉光，蹲在厨房舔果酱。"（532）

11

虽说正在发生的显得最重要,但我们永远有理由认真严肃地参照灵魂最初的那次悸动。这就是为什么勒达大老远从斯巴达路过忒拜,在阿尔克墨涅迎接神王的当天。

朱庇特和勒达有过一段情。为了她,神王化身成天鹅。从那以后,总有天鹅的印子落在她的皮肤上怎么也洗不掉。天鹅是勒达的灵魂之鸟。"和天鹅一样高贵,比天鹅更冷淡。"勒达一身银袍出场,淡雅安详。阿尔克墨涅的魅力顿时"有一半缺乏根据"。

只有勒达听懂了神王的语言:"一连串发音清晰但语意不明的鸟的鸣啭,句法极其纯粹,让人猜出鸟们的动词和关系代词。"她伸手抚摸他,就此收获音乐的启示:"像一架羽毛做成的竖琴!"(164)

事后她回忆说,那是一次美的旅行。她的描述接近柏拉图《斐德若》中的灵魂经验。爱让她脱离大地,超越地心引力,感悟星辰的永恒摆动。她在瞬间拥有超越肉眼的看见能力,灵魂追随神攀升天顶。

经过此番灵魂攀升以后,"全部存在永远松弛下来,全部生活因此受惠"(165)。勒达生下了海伦,那西方思想以美为名的争战核心。勒达在启蒙中爆发了。发明书写,通晓天文,享受"普遍思想的狂欢",按阿尔克墨涅的话说,"像一颗星在宇宙中安顿自己"(166)。

勒达努力趋向"超乎美的神圣展现"(167)。她不在乎朱庇特不念旧情,也不介意有机会揶揄他一回。她只在意做诸神的好学生,关心宇宙的诸种冲动或可能性如何在她自身成形。这样想来,墨丘利最后那句话"勒达,你还得学着点!"(194)或许不是嘲弄,倒像是对爱智者的认同。

"当年他是只大天鹅,我却没能从河里的小天鹅边认出他……"(168)勒达犯过的错,阿尔克墨涅不得不重犯。为什么别人的教训很难对我们起作用呢?

12

"安菲特律翁第三十八世"。

季洛杜戏称顶多贡献了同一故事的第三十八个版本。关于神王如何扮成安菲特律翁,如何骗过阿尔克墨涅,如何孕育英雄赫拉克勒斯……今已佚失的忒拜英雄诗系讲过,传说索福克勒斯讲过。而我们尚能一窥的古代本文,当属拉丁作者普劳图斯的《安菲特律翁》,这出喜剧写于公元前187年,到中世纪乃至文艺复兴还经常演出。到了近代，各国戏剧大师不约而同做出各自的示范，1668年莫里哀的法文版，1690年德莱顿的英文版，1807年克莱斯特的德文版……据说莫里哀的《安菲特律翁》为法语贡献了两个新词，amphitryon专指"在家设宴的主人"，sosie专指"酷似别人的人"。但有充分研究证明，季洛杜受克莱斯特的影响远甚于莫里哀。[1]

并且神话不死，总有人讲下去。1950年科尔·波特的音乐剧《远离此世》（Out of this World），1993年戈达尔的电影《为我叹息》（Hélas pour moi）……安菲特律翁的魂影不散。

关于神话重述，季洛杜如是说："抄袭是一切文学之本，除去不为人知的原初文学。"[2] 布朗肖则说："重点不是述说，而是重述，并且每一次重述都是头一次述说。"[3]

希腊文中，Ἀμφιτρύων 由两个词根 ἀμφίς + τρύω 组成，大致意思是"两头都烦扰的衰竭的"。故事的一头是神王假扮成安菲特律翁。另一头是安菲特律翁被误认作神王，他的妻子阿尔克墨涅却让做客的勒达冒充自己与之幽会……到头来，勒达正是阿尔克墨涅最

---

1 Jacques Body, *Giraudoux et l'Allemagne,* pp.307-321.
2 Jean Giraudoux, "Siegfried", in *Théâtre complet*, Paris: Gallimard, p.16.
3 Maurice Blanchot, *Entretien infini*, Gallimard, 1995, p.459.

害怕的外乡女人。

季洛杜的希腊三部曲中反复出现同一支血脉的外乡女人。勒达做客忒拜，翩如惊鸿的现身。海伦去特洛亚，带去倾城大祸。而厄勒克特拉的母亲，海伦的姐妹，勒达的另一个女儿，她倒是阿尔戈斯本城王后，却是最不快乐且无归属感的王后，敌视王宫中的一切同时也被敌视，她生养出的女儿更甚："厄勒克特拉在哪里，就是前所未有不在那里。"（676）

13

季洛杜说："我替厄勒克特拉的雕像掸去了尘灰。"[1]

远在索福克勒斯的时候，世人已传说"厄勒克特拉的闻名形象"。[2] 身为公主做了奴隶，年纪大了不能出嫁，常年受辱，衰老憔悴，久别重逢的弟弟不敢相认。厄勒克特拉的雕像名曰苦难，伫立在公元前五世纪以来的风尘中，唯有流亡二十年的安提戈涅堪比肩。但她更孤独无依，身在故乡恍如他乡，甚至没有瞎眼老父可以搀扶。

古传记载越详备，灰尘积得越厚吗？无论如何，

---

1 Cf. entretien avec André Warnod, le Figaro, 11 mai 1937.
2 索福克勒斯，《厄勒克特拉》，罗念生译文，行 1177。

三大悲剧诗人不但写过厄勒克特拉神话，而且都有剧本流传迄今。埃斯库罗斯的俄瑞斯忒斯三联剧，索福克勒斯的《厄勒克特拉》，欧里庇得斯的《厄勒克特拉》《俄瑞斯忒斯》和两部伊菲革涅亚……堪称绝无仅有的盛况。

埃斯库罗斯笔下向来轻女子。她在《奠酒人》中只是过场，好似歌队的领唱。为父报仇的主人公终究不是她，而是她弟弟。欧里庇得斯相反，饶有兴致地，细细写她离了王宫下嫁农夫。她走过弟弟眼前，惨淡形同婢女，"断发的头上顶着水瓶"。[1] 贫陋的农舍，无食物待客，求人救济……远古的厄勒克特拉啊！"我看见你落在许多痛苦中引人注目。"[2]

季洛杜偏要拭去这许多苦难的尘灰。正如阿努依反复强调"小小的"安提戈涅，厄勒克特拉也恢复了新鲜骄傲的模样。阿尔戈斯最美的女子，园丁爱上她，君王也爱上她。有人说她最温柔，但也有人不苟同。传说"她的存在打乱光和夜，连满月也模棱两可"（605）。人们不约而同唤她"小厄勒克特拉"（625，661，683）。

不同于表亲海伦，厄勒克特拉的美有个响当当的同盟叫正义。自赫西俄德以降，正义在人间不受待见，

---

[1] 欧里庇得斯，《厄勒克特拉》，周作人译文，行 101。
[2] 索福克勒斯，《厄勒克特拉》，罗念生译文，行 1177。

历来如此。[1]小厄勒克特拉就像乞丐口中那只顶小的刺猬，为了什么微不足道的事由死去，死得有尊严，足以扰乱世人的良心安宁。她是"惹事的女人"（604）！就惹事而言，她与海伦有一拼。爱她的人，恨她的人，无不畏惧她一意孤行。

> 埃癸斯托斯：你看不见你的祖国快亡了吗？
> 厄勒克特拉：竟然说我不爱花儿！（676）

典型的对话。国难当头，从头到尾她只在乎和母亲争辩三件事：小时候她有没有推倒弟弟？她是不是爱花儿？她父亲当初有没有滑倒？小厄勒克特拉的小问题。小刺猬式的较真构成一座城邦的良知。

于是乞丐说，推还是没推，这是个问题！

何必再说这出自诸神之口的宣告在欧里庇得斯那里不可想象？这对话每天都在进行。

14

> 厄勒克特拉：你想听我说，无论如何人是好的，生活也是好的！
> 俄瑞斯忒斯：难道不是吗？

---

[1] 赫西俄德，《劳作与时日》，行220。

厄勒克特拉：你想听我说，做个年轻漂亮的王子，有个姐姐是年轻公主，这样的命运不坏。你想听我说，我们只需放任世人去忙活卑劣虚妄的事，不必挤破属人类的脓包，只需为世界的美而活！

俄瑞斯忒斯：这不是你要对我说的话吗？

厄勒克特拉：不是。（649）

为世界的美而活已属不易，何况这是何等自由的愿景，何等正当的权利。大多数时候，我们不在美真善的张力冲突现场，我们还在纠结何谓美。

对厄勒克特拉来说，住在最有秩序也最欣欣向荣的花园不够，哪怕那花园宛若理想城邦，园丁亲如父母。她要真相，"不含杂质的"（639）真相："年轻女孩儿因为多耽误一秒钟去对那丑的说不，对那卑劣的说不，随后只知一味地说是。这就是真相如此美好又如此艰难的所在。"（674）

厄勒克特拉的执念也是季洛杜的，季洛杜的欠缺也是我们的，并且很可能我们没有自知之明。

古代悲剧传统中，世人皆知阿伽门农死在妻子及其情夫手里。在季洛杜这里，父亲的死因变成厄勒克特拉拼命想解开的谜。真相大白之际，她坚持正义要得到伸张，罪人要得到惩罚。问题在于，从前的杀人犯脱胎换骨，变成贤明正直的君王。他要求先击退外敌拯救城邦，再招供罪行公开受罚。但她拒绝了他，哪怕为此付出亡城的代价。

一个义人毁了一座城邦。与俄狄浦斯悲剧几乎相似，当"城邦将不义和犯罪当作幸福的根基"（674）时，悲剧的人亲身抛弃幸福，亲手摧毁城邦。借用亚里士多德的话，在季洛杜的希腊三部曲中，《厄勒克特拉》无疑"最有悲剧味"（τραγικώτατος）。

15

但他说，《厄勒克特拉》是一出"布尔乔亚悲剧"（tragédie bourgeoise）。[1]

1937 年新戏上演时《费加罗报》采访报道。他还说，写戏前买了几乎所有同一题材的书，包括美文版的古希腊悲剧，但一本也没打开。[2]

是有意的距离吗？关乎国家理性与自然正义的悲剧冲突确乎在戏中大大弱化了。传统群己纷争是城邦中人的人性与共同体秉性的权界冲突。季洛杜的戏剧

---

1 Cf. entretien avec André Warnod, le Figaro, 11 mai 1937. 季洛杜对《厄勒克特拉》的定位包括：悲喜剧（Comédie-tragédie）、悲剧意味的喜剧（comédie tragique, dramatique）、布尔乔亚悲剧（tragédie bourgeoise），或侦探戏（pièce policière）——"和所有希腊悲剧一样，戏中有人犯罪，也有侦探试图找到凶手。"尽管完美遵守三一律，但他自认欠缺古典悲剧的"诗性力量"和"史诗灵感"。
2 Cf. entretien avec André Warnod, le Figaro, 11 mai 1937.

让我们更专注于外乡人走进一座城邦的诗性张力。外乡人，确切地说，身处故乡的外乡人，我们说过，是爱智者勒达传下的一支血脉，在现代文学世界蔚然兴盛，子嗣众多。他们名叫厄勒克特拉或俄瑞斯忒斯，或卡夫卡的格里高尔，加缪的默尔索……一份长家谱。

终场时分，城邦起火了，人死的死，疯的疯。刚长成的报仇神指责厄勒克特拉："这就是傲慢的下场，如今你一无所有！"开始她还显得坚定："我还有良知，我还有俄瑞斯忒斯，我还有正义！"（684）只要还有这三样，她就还有一切。但她随即不得不承认，身为罪犯她已无良知可言，同为罪犯的兄弟发了疯被流放。脱离共同体语境的纯粹正义问题陷入困境。她和所有人一样问："我们这是怎么啦？"（684）

> 在王族身上总能实现卑微者无法成功的经验，诸如纯粹的仇恨、纯粹的愤怒。总是与纯粹有关。这就是悲剧，加上乱伦和弑杀亲人。纯粹，总的说来就是无辜。（642）

这话出自卑微者之口，出自提早被赶出悲剧的小人物之口，出自忒奥卡特克勒斯家族成员之口，并且是这个黯淡的布尔乔亚家族里头最不起眼的一员。悲剧在此被明确地界定为某种贵族王者的姿态。就像那只神秘的鸟飞在新暴发的君王头顶，飞得太高，连影子也抓不住。小厄勒克特拉式的纯粹。对不正义的仇恨，对小幸福的轻蔑。

与之相对的，是几出戏中有意无意戏谑提起的布尔乔亚的甜美安逸、布尔乔亚的爱情、布尔乔亚生活理论、布尔乔亚的安全……

与之相对的，是水手埃尔佩诺尔对英雄奥德修斯的反驳，是园丁的诉歌，是局外人在临刑前夜的顿悟："你们在被抛弃的那天明白整个世界在冲动和温情中朝你们扑面奔来。"（642）

但赫拉克利特说得真好啊！"上行之路与下行之路，本是同一条路。"（残篇60）

16

纳尔赛斯家的赶在终场出现，带来了"所有乞丐、残疾人、盲人和跛子"（679），所有被遗忘的，被忽略的，所有连神也不知晓的世界的残缺，也带来了悲剧的最后教诲。

典型的现代式"机器降神"。

因为这是一个死而重生的女人。她亲手养大一匹狼，眼看着它咬死了她那愚蠢的丈夫，也差点儿咬死她。她就如戏中被火吞噬的城邦,被儿子刺死的母亲。只有她有资格叫厄勒克特拉"我的闺女"(682),有力量拥抱她,连带把正义的困顿拥抱入怀。

因为这是一个外乡女人。在柏拉图对话《会饮》中,也有一个名叫狄俄提玛的外乡女人给礼崩乐坏的雅典城带去爱的教诲。只是,这一回我感到迟疑,我不知道就此做一番平行比较是否严肃合理。

纳尔赛斯家的:在太阳升起时,一切已被错过,一切已被破坏,空气倒还能呼吸,什么都丢了,城邦烧毁了,无辜的人互相厮杀,有罪的人奄奄一息。就在这新起的白日一角。这叫什么?

乞丐:……这叫曙光。(685)

在季洛杜笔下,作为悲剧的教诲,爱的答案在不同光线中幻化出各种美的名称,好比神王朱庇特要去见情人的殷勤。

曙光,或一种美的爆发,呼应厄勒克特拉(Ἠλέκτρα)这个名字的希腊词源与"光彩"相连,悲剧的人似乎还能从曙光出发

沉默,世界的沉默,诸神的沉默,有时沉默是一种回响,有时沉默只会杀人。

于是才有所谓的温柔和正义,欢乐和爱:"生活

显然失败了,生活却又很好很好。"(641)

于是也才有诗的死而重生:"特洛亚诗人死了,轮到希腊诗人歌唱……"(551)

这些缤纷的说法呼应开场"又是哭又是笑"(597)的王宫表墙,进一步界定一出布尔乔亚悲剧的美与欠缺。那尚未长成的报仇神一上场就警告每一位观众:如果我们不像外乡人俄瑞斯忒斯那样转换精神身份,那城邦中的戏很可能什么也不能告诉我们。

*

常年流浪在外的人舍不得放下最后一块阿伽门农王宫的记忆残片。

在小婴儿的眼和心里,一幅小小的地板镶嵌画就是世界本身,爬在上头,是无边际的繁茂,一路有喜人的花鸟,骇人的怪兽,让人又是哭又是笑。

"不听话被放到有老虎的菱形格里,听话被放到满是花儿的六边形里。"(598)

在菱形格与六边形之间爬来爬去,就这样勾勒出了我们一生辗转不休的路线。

一路经过的鸟儿,我勉力记下几只的影子。

存在的永恒沙漏
不停转动

1

一个男人遇见一个女人。

十九岁那年冬天,他们每天清晨在同一家咖啡馆约会。有一天,她不告而别。六年后,他们在第一次相遇的街上偶然重逢。一切和六年前仿佛没有两样,除了她身边多了个小孩。关于从前生活的谜,她不说,他也没问起。他们只是沉默地走在同一条街上。

我试图重述书中的一段故事。我发现它已经不是莫迪亚诺的故事。它可以是好些小说家笔下的故事,却不知何故欠缺读者在莫迪亚诺小说中感同身受的那种"迷人气息"。做莫迪亚诺的读者起初是美的享受。进入他的文字,就像藏身在一个薄的壳里,你与世界隔了一层,可以大口呼吸名曰"沉睡的记忆"的醉人空气。幸运的话,夜里还会做很多梦,让你醒来还执着的梦。可是一旦徒然想要做点所谓的绎思,你会发现那个壳很脆很易碎,字里行间的悸动稍纵即逝,做梦般的空气消散了,梦也不做了。甚至连重述其中一段故事也失败了。进退两难。让人愈发忍不住想问,所有读者感同身受的那种迷人气息从何而来？是什么在成就一种独有的小说质感？

是小说里的细节吗？1964 年。巴黎。一家也许叫绿吧的咖啡馆。一条位于大清真寺和植物园之间的小街……看不见的旧时巴黎的地名人名，犹如星辰在记忆的夜空散发幽光。莫迪亚诺的故事总也少不了确切的地点时间。他甚至说过，他是看着老巴黎电话地址名录开始写小说的，陌生的人名失效的街道门牌无人应答的电话号码让他心生写作的愿望。一如他援引过的曼德尔施塔姆的诗行："我还有从前的地址，我从中认出死者的声音。"在某些特定时候，小说中的人物随口杜撰的某个圣克卢郊区的虚假地址具有等同真实的分量。"我所能掌握的只有具体细节和确切的地点时间。"[1]

不妨再参照一点细节。故事里的两个人第一次相遇在一家专卖神秘学著作的书店。她对神秘学感兴趣，而他对一切神秘的东西感兴趣。她带他去见某个女友，神秘学导师葛吉夫的某个弟子。那人推荐他们阅读葛吉夫的早年传记《与奇人相遇》[2]，介绍他们认

---

[1] 若无特别说明，文中的莫迪亚诺引文均出自《沉睡的记忆》和《我们人生开始时》（吴雅凌译，人民文学出版社，2018 年）。

[2] Georges Ivanovitch Gurdjieff, *Rencontres avec des hommes remarquables*, Jeanne Salzmann trad., Paris : Julliard, 1960.

识灵修组织的其他成员,甚至把他们"牵扯进某种混乱境况"。似乎她后来不告而别与此有关。是的。从头到尾渗透着神秘气氛的一场相遇。

但也许更是小说没写出的东西?在我所了解的拥有克制美名的小说家中,莫迪亚诺绝对榜上有名。在诺贝尔奖演讲和几次访谈里,他反复说改稿子的重点是删减,去掉重复提起的细节,删除多余的段落。他舍弃许多小说家执着的叙事细节。他说那会像电台里的干扰音让人听不见真正的音乐和话语。

故事里的女郎有什么个性特征?他们被牵扯进什么混乱境况?我们一概不知,因为书中只字不提。就连她的名字也像一种留白。热纳维耶芙·卡拉姆……我们还能模糊了解书中其他女子的细节。有一个嗓音清澈友好,另一个眼眸明亮。有一个穿式样典雅的皮草大衣,另一个手提黑色箱子。但我们对热纳维耶芙·卡拉姆的外貌个性一无所知。找来找去书里似乎只说了一点,她走路的样子漫不经心。这个印象在女友的话中得到印证:她仿佛"走在人生的边上"。

一个细节。必须是准确无误的细节,好比年龄肤色之类的身份标志。我们所知道的热纳维耶芙·卡拉姆形影模糊,与此同时,我们感觉热纳维耶芙·卡拉姆如此亲近。她像是在小说中散发"迷人气息"的某个源头。她让人联想到一个"梦游者",在生活中"远远观望"。她是小说叙述者的同类人。她是莫迪亚诺笔下的"另一个我,或自我的化身"。

一个男人遇见一个女人。无数小说家书写过或正在书写同一个故事。莫迪亚诺的故事在说:"成千个你的化身走到你在人生十字路口没有选中的成千条路上,而你,你却以为路只有一条。"

2

在理想的情况下,一种书写方式就是一种思想方式。我尝试凭此了解莫迪亚诺的克制笔法。我慢慢体味这个促发自我省思的过程。

重述莫迪亚诺的故事注定会是失败的。因为等你把必要的时间地点细节逐次添加进去,你会发现你的重述比小说更冗长。这是因为他总在打磨最准确的句子,极少形容语,并且如《家谱》(2005 年)中所说,不用比喻。在《我们人生开始时》中,失意的中年作家徒然想教年轻的让写作,他擅自修改他的书稿,"加了太多形容词",使用坏趣味的比喻。年轻的让礼貌而坚定:"可是我不要别人示范什么。"

他去除所有不必要的细枝末节。也包括最动人的私密细节。在咖啡馆他挨着她坐靠墙的长椅。认识两周后他送她走回旅馆。这几乎是我们读到的最亲密的情节。小说有意规避一切泄露情感的只言片语。他说过，不应该跟着小说人物走进房间。他还说过，隐私和秘密是人物的深度所在，是小说的重大主题。《暗店街》（1978年）第三十七章那段让读者不安得快要发狂的分别场景只有一句："我看着她，某种预感又一次刺痛我的心。"[1]这里也一样。六年后重逢有多少未说出口的话。故事的结尾，他陪她和孩子走回家，临了只一句："我听到门重新关上，我感到一阵心疼。"

我们这里举例热纳维耶芙·卡拉姆的故事。我们也可以举例其他故事。贯穿整部小说，寥寥几样可供纪念的物件全与个人无关。老式旅馆里的梨形开关和黑窗帘，地铁站内的电子线路图，几本在读的书。还有那种慢吞吞的双门老电梯。细节不属于个人。细节属于某个时代，某个消逝的共同记忆。"1963年和1964年，旧世界在坍塌之前屏住最后一口气；当时还很年轻的我们还有几个月的光阴生活在旧世界的布景里。"

如此精简的笔法在时间流水中不知经过多少次淘洗。这让人浮想联翩。书中特特记下小说家书写这段故事的日期：2017年2月1日。相隔五十年的回望，一段爱情被还原出其所以刻骨铭心的本质——这样看来，

---

[1] Patrick Modiano, *Rue des boutiques obscures*, Gallimard, 1978, p.195. 中译本见莫迪亚诺，《暗店街》，王文融译，人民文学出版社，2017年，页206。

小说家为人称道的"记忆术"更像文学本身的代名词，记忆从根本上是一种书写和思想的方式。小说家舍弃所有纷繁灿烂的私密细节，仿佛再微小的一丝贪恋也会阻碍秘密的夜行。作为小说主题的秘密和作为生命主题的秘密。也许因为这样，我们几乎找不到另一种句法来替代莫迪亚诺对此种刻骨铭心的本质的陈述：

> 时间像是停顿了，我们的第一次相遇重复发生了，带着一丝变化：多了那孩子。我和她仿佛还会在同一条街上有其他次相遇，就像手表上的几根指针在每日的正午和子夜必定重合。在若弗鲁瓦-圣伊莱尔街的神秘学书店第一次遇见她的那个晚上，我买过一本书名深深打动我的书：《同一的永恒轮回》。

3

尼采在《快乐的科学》中做出一个名曰"最重的分量"的假设。

假设某个孤独的暗夜里，有个声音对你说话，你该怎么办？

你现在和过去的生活就是你未来的生活，它将周而复始不断重复绝无新意，你生活中的痛苦欢乐思想

存在的永恒沙漏不停转动

叹息,乃至一切大大小小无法言说的事情会在你身上重现并以同样的顺序降临……存在的永恒沙漏在不停转动,你在沙漏中不过是一粒微尘。(第341条)[1]

很长时间里我想不明白,永恒轮回为什么会是致命的假设。轮回观毕竟在好些文明中古来有之。柏拉图对话中的苏格拉底一度用轮回论证灵魂不死。为什么尼采像是在恐惧与战栗中发现了它,并且永恒轮回的想法一经生成就无从遁逃,就是生命中不能承受的重负?

尼采说,那个夜里对你说话的声音名叫精灵(daimon)。我们知道这是对苏格拉底的戏仿:不止一次,在生命的重要时刻,苏格拉底声称有一个神样的声音对他说话。[2] 精灵出现在第341条箴言不可能是偶然。因为,前一条"快乐的知识"的主角就是"死前的苏格拉底"(第340条)。

苏格拉底死前或有精灵临在,所以留给世人最后一句话:"我(或我们)[3]欠医神一只公鸡。"可笑又可怕的遗言呀,尼采近乎发狂般地说。苏格拉底承认欠医神一次燔祭,这意味着苏格拉底承认哲学的人生是有

---

[1] Nietzsche, *Le gai savoir*, Paris, Flammarion, pp.278-281; 尼采,《快乐的科学》,黄明嘉译,华东师范大学出版社,2007年,页316-319。
[2] 柏拉图,《申辩》31d,《斐德若》242b,《理想国》496c 等。
[3] 参看页43及相关注释。

病的。在所有爱苏格拉底的人眼里这是多么要命的事呵！苏格拉底不是深谙快乐的知识没有常人的缺点吗？苏格拉底的典范人生从始至终不是完满有如神样吗？我们欣欣然摒弃其他信仰，不就是因为相信苏格拉底身为哲人的完美吗？然而苏格拉底到死尚在经受存在的试炼。他的遗言与另一种经书传统的存在定律一样惊世骇俗："虚空的虚空，一切都是虚空！"（《传道书》）

我慢慢领会，永恒轮回之所以是生命中最沉重的假设，与苏格拉底死前打破沉默这件事有关。那个夜里对你说话的精灵——不如就承认是魔鬼，是心魔，当你深爱苏格拉底时，那个心魔就是苏格拉底本人。依据永恒轮回的假设，我们已经被同一个拷问打倒过无穷次。要么瘫软在地怀恨在心甚至出口诅咒他，要么对他顶礼膜拜甘愿丧失自我。要么顺服要么虚无，此外莫非无路可走？生命的真相莫非是从十字架上的最后呼唤开始算起的那三天，"遍地都黑暗"，并且永远不会轮到复活的日子？哲学如果沦为一出悲剧，那么就是在这一刻，"悲剧开始了"（incipit tragoedia，第 342 条箴言标题）。

4

我没能查到《同一的永恒轮回》这本书的作者和

出版信息。莫迪亚诺在小说中反复提到的书是一本不存在的书？我很可能弄错了。说到底，这不要紧不是吗？这就好像热纳维耶芙·达拉姆有意留给她哥哥一个不存在的旅馆住址，而"我"随后也照样子做了。那个随口杜撰的住址在小说世界引出让人难忘的一幕。一个挥之不去的念头。那年冬天很冷，热纳维耶芙·达拉姆的哥哥走在圣克卢郊区，寻找一条不存在的街道。"这样直到永远。"

六年后他们站在第一次相遇的那家书店前。他又一次想起那本书或者，那个让他反复思考的假设：

每翻过一页我都会问自己：要是我们经历过的同样那些时间地点情境能够重来一次就好了，我们会规避所有的错误障碍和空白时间，我们会过得比第一次好很多……这就像誊写一份涂改严重的稿子。

这一段虚拟时态的独白让人得以一窥小说家的方法和矛盾：一面拒斥一切绝对的观念，一面严肃投入予以仿效和解析。人生不能重来一次，小说能重来吗？这就像一遍遍地讲述一个男人遇见一个女人的故事。这就像一次次誊写稿子，每一次都允许涂改严重。文学虚拟的永恒轮回取代哲学拷问的永恒轮回。是从这里生出文学的慰藉吧。尤其是你被尼采式的苏格拉底问题打倒在地,你会为这片刻的喘息心存感激。与此同时你最好和小说家一样心知肚明。莫迪亚诺的小说以一种看似轻盈的方式接受永恒轮回的拷问,几乎不会让人联想到灵魂暗夜中的那些挣扎。好比辛波斯卡对文学的定义,它惴惴不安,因为"借用了庄严的词语,又竭尽全力让它们变得轻盈"。

有几回在电台里听见接受采访的莫迪亚诺。他像个失语者,总在艰难地寻找正确的词语,磕磕绊绊,几乎说不出一个完整的句子,也似乎回答不了外在视野的任何发问。他像他小说中的梦游者,不时从口中蹦出若干字句,支离破碎的,却总有感动人的分量。亲身见证小说家的言说困境,你有可能更好地理解何谓一种看似浑然天成的书写。小说家在小说中迈着"轻盈而柔韧"的舞步,那种舞步名曰"走在人生的边上",每一步都暗藏不为人知的秘密曲折。

作为小说,《沉睡的记忆》的样子委实古怪。没有可作主线的故事情节。只有一次次在时间之流中的相遇。热纳维耶芙·达拉姆的故事,还有别的好些故事。前一次相遇与后一次相遇无关。甚至把其他书里的故事嵌入其中也毫不违和。比如《我们人生开始时》。二十岁那年秋天,他们在白广场的一家咖啡馆第一次相遇。"两个人的相遇究竟是出于何种偶然或者何种奇迹?我们住同一街区,过了几个月我才遇见他。也许我们早在街上擦肩而过只是没注意对方？我们永远不会知道了……"

他们相遇，他们又分开。如是循环往复。所有记忆中刻骨铭心的人事，所有被小心记录的地点时间，归根到底与小说家在巴黎大街小巷与陌生人擦肩而过没有本质的差别。

我经常在相隔很远的不同街区与同一个人擦肩而过，仿佛命运或偶然坚持要我们互相认识似的。每次我都后悔没有和那人说话就走了过去。十字路口有几条路，我错过了其中一条有可能是正确的路。为了宽慰自己，我在笔记本里一丝不苟地记下这些没有下文的相遇，具体到确切地点和这些陌生人的外表。巴黎就这样布满了星辰般的神经痛点，布满了我们的生活本有可能呈现的多种样貌。

每一次擦身而过构成人生的十字路口。在永恒轮回的假设前，小说家重复讲同一个相遇的故事。十四岁那年冬天，星期六下午他站在斯彭蒂尼街上等她。二十岁那年秋天，每天晚上他站在白街剧院门前等她。二十五年后的夏天，每个午后他站在塞鲁里埃大道等她。她叫"斯蒂奥帕的女儿"或多米尼克。他也许是忘了她的名字，也许是有意不说出来。他们也许相遇了,也许从未谋面。

对我来说一切都没变。那年夏天我守在一栋大楼前,宛如二十五年前的那个冬天我在马路边等斯蒂奥帕的女儿。如果有人问我:"这么做究竟是为什么?"我想我大概会老实回答:"为了尝试认识巴黎的奥秘。"

"巴黎的奥秘"(les mystères de Paris)一度是欧仁·苏的小说名。"我们人生开始时"(Nos débuts dans la vie)让人想到巴尔扎克的小说《人生的开始》(Un début dans la vie,或译"入世之初")。《沉睡的记忆》援引十八世纪作家的自况:夜间看客(spectateur nocturne),那是八卷本的《巴黎的夜》[1]的副标题,雷斯提夫在书中实时记录大革命期间的巴黎深夜见闻。还可以继续举例。诸如波德莱尔和奈瓦尔,普鲁斯特和季洛杜。"一切与巴黎的奥秘有关的东西都让我极其好奇也特别着迷。"莫迪亚诺的小说安顿在某种文学传统中。几百年间,名曰巴黎的现代城市神话在文学的沙漏中不停转动。

---

[1] Restif de La Bretonne, *Les Nuits de Paris ou le Spectateur nocturne*, Paris,1788-1794.

5

所有莫迪亚诺的书是同一本小说。一部未完成作品。一张不断拼补总有缺失的拼图。

他说过:"我试着整理我的记忆,每份记忆就如一块拼图,因为缺太多,大多数拼图是孤立的。偶尔有三四块重新拼在一起,但不可能更多。"他还说过,他在遗忘中写下一本又一本小说,新写的抹去被忘却的,以至于同样的面孔人名地点同样的句子一再出现。

在《夜半撞车》(2003年)中,热纳维耶芙·卡拉姆已不经意地出场,她和小说中的叙事者一起坐公车去歌剧院,随后他眼看着她消失在人海中。新书中还有若干人物在过往小说登过场,好比失落的拼图在多年后重新找到,又或是有意忘却的记忆再次袭来。米雷耶·乌鲁佐夫在《家谱》出现过,玛德莱娜·佩罗在《陌生女人》(1999年)出现过,但不叫玛德莱娜而叫热纳维耶芙·佩罗,犹如记忆停摆的某种见证。[1]

两本新书有同一个主角,名叫"让"的年轻人。两本新书也有同一个叙事者,五十年后追忆往事的让。《沉睡的记忆》借一份警察局卷宗给出更多细节:Jean D,出生日期1945年7月25日,出生地布洛涅比扬古。小说中的让不是头一回出现,早在《八月星

---

[1] 关于莫迪亚诺不同作品中的互文情况,随文举例,不刻意求全。

期天》(1986年),还有晚近的《地平线》(2010年)或《夜草》(2012年),某个名叫"让"的叙事者形影不散。小说中的让一如既往让人想到小说家本人。因为莫迪亚诺姓名全称 Jean Patrick Modiano,自传式小说《家谱》开卷说:"我于1945年7月30日出生在布洛涅比扬古。"连《我们人生开始时》的女主人公多米尼克也与小说家现实生活中的妻子同名。确切的时间地点人名,加上出生相隔五天的时差,种种看来是有意为之的小说手法:"这样一来就分不清它们究竟真实发生还是属于梦的领域。"

《暗店街》中的主人公探寻身世之谜,从某个名叫斯蒂奥帕的俄国人开始最初的线索。不是偶然吧。将近四十年后,《沉睡的记忆》从神秘的"斯蒂奥帕的女儿"说起。那年他十四岁,斯蒂奥帕是父亲的朋友,他们有时去布洛涅森林散步。"我想见她,因为我希望她能给我一些解释,也许她会帮助我更好地认识我父亲,那个沿着布洛涅森林小径静静走在我身旁的陌生人。"他们通过一次电话,她让他下星期再打来,"但下星期以及那年冬天的其他星期,电话打过去再也没人接"。斯蒂奥帕的女儿没有出现就消失了,一起消失的是斯蒂奥帕和父亲。"到了春天,我们不再和斯蒂奥帕一起去布洛涅森林散步。我也从此不再和父亲一起散步。"

第二段故事的笔锋转到母亲。那年他十七岁，还在念中学。他和母亲的女友同住在母亲离开后的孔蒂河滨路的公寓里。她像母亲未曾做过的那样陪伴他，到后来他甚至不想回学校而想跟她一起走。这段朝夕相处的日子影射母亲不在场的少年时光。在《我们人生开始时》中，年轻的让说起母亲："从十一岁到十八岁，我总共见过她两三回，每次不超过一小时。她很容易厌烦。"

莫迪亚诺说过，他过了许多年才发现他的童年是个谜。战后特殊年代，父母不在身旁，他在形形色色的陌生人中长大。关于人生起点的纷乱记忆萌发小说的雏形。写作和想象是解开生命最初谜团的一把钥匙。每一次书写都在从头说起，大到一本小说，小至某种生命感觉："它形影相随，我却无从说出确切的由来。有一天我直觉地感到那由来始于我出生以前……"

《沉睡的记忆》的开篇和收场各有一本与时间相关的书，从瑞士作家阿勒达的纪实作品《相遇时节》，到比利时作家库维尔的小说《罗马时间》。[1] 此外各有一条别具深意的路线，形成时空坐标上的某种回望。

"十四岁左右，我习惯一个人在街上走。"一开始只敢走固定几条街。有生以来在巴黎行走的第一条

---

[1] Georges Haldas, *Le temps des rencontres*, Éditions L'Âge d'homme, 2001; Alexis Curvers, *Tempo di Roma*, Paris, Robert Laffont, 1957.

路线。皮嘉尔街区。不是偶然吧。《我们人生开始时》的故事也发生在同一街区。小说结尾处颇不寻常地出现一条从巴黎出发的路线。目的地是起源于中世纪的宇瑟城堡。在十七世纪作家佩罗的童话里，这个位于森林与河谷之间的神秘所在又称睡美人城堡。将近六十年过去了，出发的路线比从前复杂许多，而他和当年一样生怕迷路。

如此心思缜密的环形结构不只见于一本小书。所有莫迪亚诺的书连接呈现出循环往复的叙事样貌。最后的路线不仅呼应人生中最初的路线，还隐约指向小说家的文学生涯起点。在一篇名为《破门闯入睡美人城堡》（2012年）的短文中，莫迪亚诺追述他在二十三岁写下第一本小说《星形广场》（1968年）的经过。那一年正逢五月风暴，拉丁区的街头不时传出燃烧瓶的引爆声响，他从世事的喧嚣走进文学世界，"犹如破门闯入睡美人的城堡"。[1]

6

"已有的事后必再有，已行的事后必再行，日光

---

[1] Modiano, "Entrer par effraction dans le château de la Belle au Bois dormant", in Maryline Heck et Raphaëlle Guidée(dir.), *Modiano, Cahiers de l'Herne n° 98*, Paris, 2012.

之下并无新事。"[1]

半明半暗之中，不知过了多少年。他一个人回到皮嘉尔街区，走进白街的那家剧院，深入迷宫般的后台，寻找一间名曰"我们人生开始时"的化妆室。沉睡的记忆慢慢浮出水面。二十岁那年秋天，他们住在剧院的化妆室。他开始写小说，她排演契诃夫的《海鸥》。他在那间化妆室里说过一句话："我要试着记住今晚的日期……1966年9月19日星期一……一场彩排的日期。我感觉这个日期标志着我们人生开始时……"

从头到尾省略号几乎取代句号。断断续续的句子似在模拟艰难行进的记忆。

"我们人生开始时"，宛如一个未解的心结。《沉睡的记忆》说起过。《消逝的街区》（1985年）、《小首饰》（2001年）或《在青春迷失的咖啡馆》（2007年）等以往小说说起过。这个说法终成一出戏剧的标题。体裁变化让人在意。莫迪亚诺鲜少有戏剧作品问世。[2]

戏中在排演另一出戏。《海鸥》是契诃夫写于1896年的四幕喜剧。剧中有一对母子，母亲是名演员，儿子想成为作家。母亲有个情人是名作家，儿子

---

[1]《传道书》1:19。
[2] 莫迪亚诺早年写过两部戏剧：《波尔卡舞》（1974年）和《金发妞》（1983年）。

有个意中人叫妮娜。有一天，名作家看到妮娜手中被打死的海鸥，心生写小说的灵感："有个年轻姑娘从小住在湖边，她像爱海鸥那样爱那个湖，也像海鸥那样幸福自由。可是偶然来了一个男人看见她，闲着没事就把她毁了，仿佛她是海鸥似的……"他不仅写出了小说，现实生活中也这么做了。妮娜和他私奔随后又被他抛弃。终场时，那个幻灭的年轻人开枪自杀。

《海鸥》是典型的戏中戏。莫迪亚诺进一步探照戏剧时空的多次元可能。不但戏中排演一出戏，而且戏中人物与《海鸥》中的人物颇为相似。扮演妮娜的多米尼克和妮娜一样热爱舞台，年轻的让想成为作家，让的母亲是演员，母亲的情人也是作家。戏中人物来回穿梭在现实与舞台之间，不同版本的海鸥故事不断上演。各种戏剧时间在舞台灯光变化中交错，时而是排演中的1966年秋天，时而是多年后的回望，某些场景甚至没有时间坐标，活像戏中人物的梦……

诚然，剧中的母亲不是成功的演员，剧中的继父不是真正的作家，他自视是让的文学导师，给出的教诲全是陈词滥调。年轻的让用手铐把自己和书稿铐在一起，生怕被抢走撕碎。两代人的艰难关系让人想到莫迪亚诺过往小说里的情节。《我们人生开始时》自况为"某个乏味可悲的《海鸥》版本"。有必要从作者的自谦中察觉某种在别处的深意。

在这出戏中，莫迪亚诺解释了"让"这个名字的另一种传承来源。失意的中年作家徒然想要塑造让-保罗·萨特这个出自现代哲学体系的作家典范，遭到年轻的让奚落。相形之下，戏剧诗人让·季洛杜代表拉辛以降的法语戏剧传统。母亲对年轻的让和多米尼克说出一番含泪的话。那是失意的一代演员的心声，如同给未来演员和未来作家的留言。

第一次到巴黎时，我在北方车站下火车，那时我做梦都想嫁给让·季洛杜……我的孩子，你本来应该是季洛杜的儿子……所以我才给你取名叫让。

《我们人生开始时》是一部关于戏剧的戏剧。让是剧院的孩子，多米尼克只有在舞台上才能畅快呼吸。她对拉辛烂熟于心，还替让的母亲念出《安德洛玛克》中的一段台词。他们对剧院有天然的归依感："剧院就是剧院……上演的戏目可以花样百出，但后台是老样子，化妆室是老样子，发旧的红天鹅绒布景是老样子，上台前的紧张也是老样子……"他们在深夜的舞台想象剧院自开张以来上演过的各种声音扑面而来："从前的观众会回来看从前上演的戏……有点儿像永恒轮回。"一旦跳脱剧中人物之间的私密关系，最根本的主题呼之欲出：剧场的秘密，或戏剧的永恒轮回。

多年后，让重新找到那间化妆室，他被告知剧院很快要装修，"这里以后就不是化妆室了"。作为文学世界的某种缩影，剧院给人永恒现在的幻觉。和巴黎的奥秘一样，不是吗？剧中的让席地坐在那间即将消失的化妆室中央，对记忆中的多米尼克怅然说道："你可知道巴黎变得厉害……我总觉得我在巴黎找不到自在的地方，但我不敢对别人说……我只能和你说……日复一日，与孤独作战……"

7

在契诃夫的《海鸥》中，幻灭的年轻人自杀前和妮娜有一段重要对话。多米尼克和让一起排练这场戏。她对他说，那是"最后那场戏，咱们的戏"。

妮娜：现在我才知道，才明白在我们的事业中，演戏也好写作也好，要紧的不是名望，不是光荣，不是我一度梦想的那些东西，而是学会承受……学会背负自己的十字架并且有信心。我现在就有信心，我不是那么难过了。一想到我的使命，我就不害怕生活了。

特列普列夫：您找到了您的路，您知道要往何处去，可是我仍在梦想和形象的混沌世界里漂泊，不知道我为什么写作又有谁需要我写的东西。我没有信心，也不知道我的使命是什么。[1]

以契诃夫为例的文学对话遥遥呼应哲学式的拷问。在尼采的哲学表述里，面对永恒轮回的存在困境，世人要么顺服神意，要么遁入虚无。或此或彼。"你是否还要这样，并且（在无穷次的拷问中）一直这样？这是人人必须回答的问题。"[2]

作为某种回答，尼采安排扎拉图斯特拉下山了。《快乐的知识》第342条箴言也是《扎拉图斯特拉如是说》的开场白。"我永远回到这相似和同一个生活，无论是在最伟大之处和最渺小之处全都雷同。"存在的困境是同一个。同一的永恒循环中如何可能出现新人？扎拉图斯特拉作为永恒轮回的教师却要向人类宣讲超人。他注定要为这样的矛盾付出代价，"因这言辞粉身碎骨"，"作为宣告者走向毁灭"。[3] 在尼采看来这是哲学的悲剧。生活不在理想国。追求完美道德的

---

[1] 契诃夫，《海鸥》，收入《契诃夫文集》第十二卷，汝龙译，上海译文出版社，1997年，页192。
[2] 尼采，《快乐的科学》，页317。
[3] 尼采，《扎拉图斯特拉如是说》，黄明嘉、娄林译，华东师范大学出版社，2009年，页363-364。

政治行为没有幸福的结局。"悲剧开始了"：扎拉图斯特拉的下山（或沉落）开始了。

莫迪亚诺的书写隐约指向同一种存在困境。读者感同身受的小说质感很可能就是从中生成的吧。同一个海鸥故事，是否还要这样并且一直这样？每一次演绎执意成为独一无二的存在经验是否可能？年轻的让说，"那场戏"不是他和多米尼克的戏，他不是幻灭的年轻人，不会自杀。"我对未来有信心。"彩排当夜，她亲手替他解开手铐。那么，时间的手铐也能解开吗？

是否还要这样并且一直这样？同一的永恒循环中如何可能出现转机？无论最伟大之处还是最渺小之处的一道缝隙或一线光？我慢慢明白，如此拷问的分量不在于对一本书甚或所有书发问，而在于对书写者及其书写本身发问。我想到热纳维耶芙·达拉姆的故事。六年后的重逢确有"一丝变化：多了那个孩子"。孩子站在笼子前看一头豹。稍后他也这么看小说中的"我"。在孩子眼里，那头豹（亦或小说家？小说本身？）正在笼子里转着永恒的圈。

文学想象有一道缝隙。文学评论有时称作小说中的迷宫。在别处的定义里，那道缝隙叫作洞穴。文学的慰藉就在于缝隙中得以对"一种心酸沉重的新知"语焉不详。在"沉睡的记忆"尽头，小说家重新出发去寻访睡美人城堡。那条路他依稀走过。几个月来他不停地在查老地图，那条路在他心里越来越有数。

——"只是，这真的是正确的路吗？"

我想象这是小说家以一生书写道路之名发出的疑问。我凭此理解某种堪称"最重的分量"的文学假设。

日光灰尘，
或最幸运者的危险

日光灰尘，或最幸运者的危险

基里柯的画中世界几乎没有相遇的可能。

阿喀琉斯站在故乡的水岸边，心爱的白马从旁经过。那马名叫"克珊托斯"（Xanthós），意思是金色的。金子完美无瑕，堪比日光，神话常用来修饰神族。克珊托斯是风神之子，有个兄弟叫"巴利奥斯"（Balios），意思是杂色的。传说西风和海神那性子最烈的女儿在"环海边的牧地"（伊16.150）生下这对神马，宙斯后来送给阿喀琉斯父母作结婚贺礼，再后来它们随阿喀琉斯出征去特洛亚。荷马说，它们在世间迅疾无可企及，最好的马就这样配了最好的英雄。

在基里柯的画中，马在行进，人驻足。白马的长鬃在风中飞扬，有神助一般，与周遭空气的凝滞形成骇人的对比，仿佛风神在那一刻悄悄经过，单单吹拂在白马身上。

在真实中歌唱，是另一种气息。
一无所求的气息。神身上一缕吹拂。一阵风。[1]

---

[1] 里尔克，《致奥尔弗斯的十四行诗》，收入《〈杜伊诺哀歌〉中的天使》页59，译文略有调整。

阿喀琉斯与这一缕神性吹拂无缘。画的左前方，神庙门口立着同质同色的神像基座。那英雄呵，原来他是从基座走下来的，做神像摆放经年，连左手攥紧拳头也是雕刻的姿势。荷马诗中活生生的愤怒被禁锢在石头历史中。几千年了，英雄的脸已模糊，只剩一个手势。

耐人寻味的时间错乱。既然阿喀琉斯还在故乡，并且他注定战死特洛亚，那么他在画中还没有出发。只是，还没有出发，还没有当着希腊全军的面与阿伽门农王争执，他就化身成了《伊利亚特》开篇第一行所说的"带给希腊人（包括他本人）无数苦难的愤怒"。还没有出发，还没有在战场上杀死无数特洛亚人最后也被杀，还没有经历敌人的好友的自己的死生荣耀，他就预先走进历史，提前僵硬成被雕刻的石头。

白马从古老神话的烟霭走出来，宛若新生，从容美好，现身在湛蓝如初的爱琴海边。而他，阿喀琉斯，置身于另一个世界。巨浪过后被遗留在海滩上的贝壳，无人膜拜的神殿，巨型的烟囱。那烟囱顶天立地，挤压古风的神庙，喷出浓烟遮蔽大片天空。

一个是古老的神性自然，一个是直面现代性危机的历史中的人。阿喀琉斯与他的白马就这样错过，错过了。在荷马诗中，那白马一度开口说人话，向他预言："即使我们奔跑如风一样快捷，命中注定你也要

死在一个神和一个凡人手下。"（伊 19.415-417）

借助这幅带有神谕色彩的早年画作《色萨利海岸》，我们得以一窥基里柯不断自我重复的画中之"谜"，那些处处可见的相遇不可能的"形而上学"表达。相遇不可能，不是两个个体无法在同一场域共存，而是两者不期而遇恰恰见证彼此错过。阿喀琉斯与神马。历史与自然。不是不能在另一个身上看见好东西，而是由此在美中的孕生与另一个无关。不是不能爱，而是爱不能分享。思想史也好，日常生活也罢，大多数以善良为理由的"正义诉求"可以归结为不够清醒和不够勇敢。谜系列，形而上学系列，忧郁系列，迷宫系列。这些关键词频繁出现于基里柯的画的标题和他思考绘画的文字，也频繁出现于广义的现代文学。归根到底，这些形形色色的概念或意象与同一个简单又艰难的人世爱欲道理相连。

因为这样，基里柯的同一幅画里有不只一个太阳，不只一种时间。现实被分解成不只一个世界，不只一种基准。广场上的时钟明明指向正午，那些建筑雕塑和柱廊拱门却在偶像的黄昏光照下拖曳着瘆人的黑影。基里柯以刻意脱离常规的手法翻转现实场景。那些屏息静止的场景背后有几乎藏不住的欲求，与此同时是一丝自知之明，明知那被欲求的不会发生，以及伴随而来的自我嘲讽。在《令人不安的缪斯》里，缪斯干脆摘下脑袋摆在脚边，无视阿波罗从黑暗深处的召唤。

一条挣脱透视常规的街，两边建筑是迥异的视平线，天与地的交界不在同一水平，事实上，有多少建筑就有多少水平线，好比一部古传经典承载历朝历代的充斥矛盾张力的解释基准。有个女孩误闯进来。年轻，有朝气，与神秘忧郁的街格格不入。有灵动的身姿，飘逸的裙裾。她是她所在的画中那个蒙受"神的一缕吹拂"的幸运儿。她推着铁环，迎着日光奔跑。前方路上，两个清晰可见的黑影，两个人或两座雕像藏在街边。他们与那条街同在的时间太长，渐渐化成街的风景。他们殷殷等在女孩的路上，盼望她，好比死亡翘首盼望一匹脱了缰的马。

马。阿喀琉斯的马。狄奥墨得斯从埃涅阿斯那里抢来的马，随后还在战马比赛上得了头奖。启示录被揭开封印的四匹马。中世纪乡村骑士、堂吉诃德、阿拉伯战士，乃至哭泣的尼采与都灵街头濒死的老马……从柏拉图对话幻化生成的拉动灵魂马车的白马黑马，好比克珊托斯和巴里奥斯，一匹黄金无瑕，一匹有斑点杂色。御者在爱欲冲动下催动马车，白马带着节制和羞耻向上攀升，黑马一味放纵自己低头不肯配合。

关乎相遇不可能，最日常的动人表达落在两对夫妇身上。首先是基里柯在现实中的收藏家朋友贝里尼夫妇。在画中，路易·贝里尼低头端详并摩挲手中的青铜小雕像，那样忘情，好似在回想某次艰辛的寻宝奇遇。妮妮·贝里尼把手搁在丈夫肩上，看向未知的远方。她佩戴一对珍贵的羊角形金别针，对眼前的传家珍品显得漫不经心。这对夫妇沉浸在各自的世界里，他们的目光没有交错的机会。无论现代的，还是古老的，人世间的相碍缘起关系似乎没有变过。赫克托尔与安德洛玛克在特洛亚城门下诀别。她抱住他，哀求他莫去赴死。他是她的依靠，失去他也就失去整个世界。"赫克托尔，你成了我的尊贵的母亲、父亲、亲兄弟，又是我的强大的丈夫。"（伊 6.429-430）荷马笔下多么动人又无效的表白。他身披战甲，一心渴望回战场。他关心妻子，更关心荣誉和声名不死。在画中，他面目模糊，形如空壳，作为战争物化的譬喻。这对夫妇最后一次相见，一个恋恋不舍，一个心不在此。等她下一次撕扯头发冲出城，他已躺在骡车上断了气。她只能拥抱一个僵硬的尸体，在满城妇人中领唱挽歌。

何必一再说起画家与希腊神话的渊源？作为一种发端于童年的印象，希腊确有恰到好处的风景，山不高不低，海岸线不会太平也不失于奇险。"刚刚好才是最好。"只是希腊式的活泼泼的自然在基里柯笔下几乎看不到。更多的时候，没有人迹的神庙徒留伟岸的空壳，残垣断柱散落满地，古神像摇身变成广告橱窗里的人体模型。希腊作为一种符号象征，是尼采以后的偶像的黄昏，是现代性视野里的他者的秋日风光。[1]

在自画像中，画家以怀乡的奥德修斯自况。神情落寞恰似在卡吕普索的孤岛枯坐七年。身后一角岛屿，三两宫殿，海水与朝霞，山丘和矮树枝，依稀是"伊塔卡和树叶飘摇的涅里同山"（伊 2.632）。只是他身在画中，反而不识风景的真相。他"拥有敏锐的感觉和审美情趣，习惯遴选最佳理念，享有至强至勇的灵魂，心怀诸多爱欲，欲求那未被发现的世界、海、人、神并聆听欢悦的音乐"，尽管如此，不如说恰恰因为这样，他与神话一再相遇又一再错过。《快乐的知识》里谈及这些"最幸运者的危险"——

心灵中一旦拥有荷马式的幸福感，人就沦为阳光下痛苦不堪的生灵了！以此为代价，人们购买被生活

---

[1] "某个秋日下午，我坐在佛罗伦萨的圣-克罗斯广场的长凳上，我有一种奇异感觉，仿佛第一次看见世界……一股清新气息沁入我的灵魂。我听见新的歌唱。整个世界在我眼前彻底变了。秋日的午后来临了。长的影子，清澈的空气，快乐的天空。简言之，扎拉图斯特拉来临了。"（"Giorgio de Chirico", in M.Jover, *Connaissance des arts*, février 2009, p.88; in S. Loreti, *Dossier de l'art*, février 2009, p.33）

巨浪冲上海滩的贝壳，珍贵无比的贝壳！一旦拥有这贝壳，人就愈益多愁善感，极易陷于痛苦，以至于些许的忧愁与恶感便使他们厌弃人生，一如荷马所为。[1]

生活巨浪冲上海滩的贝壳，珍贵无比的贝壳，我们在基里柯画中的色萨利海岸看见过，在现代文学景观中一次次拣拾过，度过说不尽的好时光。只不过，当我们因为这些"最幸运者"而体验到荷马所说的"心惊颤"时，我们或许在不知不觉中陷入同样的危险。

多年前的盛夏，在黄浦江边的一场展览让我几度心惊颤，原因之一来自不知是有心或无意的脱离常规的策展方式。展出两个无法在一起展出的画家，更具体地说，用若干"同时代画家"分隔开两名意大利画家，好似在暗示他们各自超越自身所属的时代，与此同时彰显出他们之间让人触目惊心的差异。如果说基里柯以绚丽的手法援引希腊神话典故，最终还原出没有眉目的英雄和没有眉目的古典世界，那么在莫兰迪那里，没有宏大的历史叙事、惊心动魄的悲剧场景、眼花缭乱的概念手法，一切走向极致的克制和自省。

一切多余的全自惭形秽消失了。世界隐退到一个画家常年生活的房间，一堆毫不起眼的瓶子，瓶上经

---

[1] 尼采，《快乐的科学》，页186。

年积攒灰尘,阳光在灰尘上留下印迹。莫兰迪毕生奉塞尚为导师,确让人一再想到里尔克笔下的画家。在埃克斯老家,塞尚雇不起模特儿,只能画干瘪的苹果,喝干的酒瓶,任何抓到手边的东西——

就这些东西,他把它们画成他的"圣徒"。他强迫它们,要它们是美的,要它们足以代表宇宙,代表人世间的幸福和华丽……

他坐在花园里,像一条老狗,一任他的工作一刻不停地召唤他,鞭打他,不管不顾他挨饿致死。[1]

据说莫兰迪闭门不出,日复一日地看和画他的瓶子。有一天,他反驳来访的女客,并不是四处追逐世间最美的风景才能画出最美的画。这让人想到宁死不肯离开雅典的苏格拉底,想到写尽远方却不喜出门的卡夫卡:

你没有走出屋子的必要。你就坐在你的桌旁倾听吧。甚至倾听也不必,仅仅等待就行了。甚至等待也不必,保持完全的安静和孤独就行了。这世界将会在你面前蜕去外壳,它不会别的,她将飘飘然地在你面前扭动。[2]

1　Rilke, *Lettres sur Cézanne*, Seuil, p.43.
2　刘小枫,《沉重的肉身》,华夏出版社,2004年,页203。

他的最大野心是捕捉阳光下的灰尘，为此他必须自己化成那灰尘本身。有关灰尘的古老说法同样来自奥德修斯。他化身乞丐深入外邦的宫殿，抱住主人的双膝乞援，再走到积满灰尘的炉灶旁边席地而坐（奥7.153-154）。自奥德修斯起，在灰尘之中标志属人应有的卑微。在莫兰迪的房间里发生了什么？也许不亚于思想史上一应的重大事件吧。阳光和灰尘想必在他面前飘飘然地扭动，为他单独上演一出世间最美的戏。被历史化理解的自然在那里无容身之地，只好自行消隐，依稀再临的是作为宇宙论的正义秩序的神性自然。在莫兰迪的画中，那些为"最幸运者"所苦苦等待的似乎真的发生了，人仅凭自身的德性与美好的宇宙秩序相遇。

图书在版编目（CIP）数据

修辞与方向：在极强的风行前/吴雅凌著. --北京：华夏出版社有限公司，2021.8

ISBN 978-7-5080-9709-1

Ⅰ.①修… Ⅱ.①吴… Ⅲ.①随笔—作品集—中国—当代 Ⅳ.①I267.1

中国版本图书馆 CIP 数据核字(2021)第 078123 号

修辞与方向 ——在极强的风行前

作　　者	吴雅凌
责任编辑	刘雨潇
美术编辑	殷丽云
责任印制	刘　洋
出版发行	华夏出版社有限公司
经　　销	新华书店
印　　刷	三河市少明印务有限公司
装　　订	三河市少明印务有限公司
版　　次	2021 年 8 月北京第 1 版 2021 年 8 月北京第 1 次印刷
开　　本	880×1230　1/32
印　　张	6.75
插　　页	16 面
字　　数	125 千字
定　　价	69.00 元

华夏出版社有限公司　　地址：北京市东直门外香河园北里4号　邮编：100028
网址：www.hxph.com.cn　　电话：(010)64663331(转)
若发现本版图书有印装质量问题，请与我社营销中心联系调换。